# IRA MORTAL

## AGENTE ESPECIAL AINARA PONS Nº 5

## RAÚL GARBANTES

amazon.com/author/raulgarbantes

goodreads.com/raulgarbantes

instagram.com/raulgarbantes

facebook.com/autorraulgarbantes

twitter.com/rgarbantes

Obtén una copia digital GRATIS de *Miedo en los ojos* y
mantente informado sobre futuras publicaciones de Raúl
Garbantes. Suscríbete en este enlace:
https://raulgarbantes.com/miedogratis

# ÍNDICE

# PRÓLOGO

La mano firme de Ainara sostiene el arma. La Smith & Wesson está cargada y lista para disparar. A menos de dos metros de ella se halla un hombre de rasgos orientales que la observa tenso. Está herido y, aunque quisiera, no podría realizar ningún movimiento que logre librarlo de esta situación. Sabe que su vida depende de la voluntad de aquella mujer que lo mira fijamente, con los ojos escupiendo fuego y sin parpadear. Ella es agente del FBI y el hombre cuenta con eso. Espera que su cargo la obligue a mantenerse dentro de la ley, que su conciencia le impida apretar el gatillo. Una gota de sudor se desliza por su frente. Cree que la mujer hará lo que le dicta el reglamento, pero el arma lo sigue apuntando. Aunque algo en aquel rostro le sugiere que la cosa no está definida aún.

Una voz masculina irrumpe en el lugar, sobresaltándolos. Pero mientras que el hombre mira al recién llegado, ella no quita la vista de su presa.

—¡Ainara! —grita Peter Bennett que acaba de entrar en la habitación y se encuentra con una escena que no termina de descifrar; no sabe cómo actuará su compañera, pero ante la duda, decide intervenir—. ¿Qué haces, Ainara? Ya está bien, lo atrapaste. Ahora debemos entregarlo para que sea juzgado.

—¿Qué crees que pasará, Peter? —pregunta Ainara sin dejar de apuntar y Bennett se sorprende por la calma que escucha en ese tono de voz—. ¿Cuánto crees que tardarán los abogados en sacarlo?

—No creo que pueda zafarse de esta, Ainara —intenta explicar Peter al comprender que la actitud de su compañera no es la que él quisiera—. Tenemos muchas pruebas de sus actividades ilegales, no tiene forma de salir impune.

El hombre con rasgos orientales escucha el diálogo, pero solo ve el cañón apuntándole directamente a la cabeza. Espera que el agente Bennett la convenza de hacer lo correcto, que lo detengan, que presenten cargos y que continúe el proceso legal que debe seguir, como con cualquier otro detenido.

—Sus abogados ganan más en un mes que yo en un año —dice Ainara sin mover el brazo ni un milímetro, pero no es rencor ni envidia lo que se percibe en su voz, es solo una explicación objetiva de la realidad—. Este maldito tiene información que podrá canjear para obtener una pena mínima. Esperará el juicio en su casa luego de pagar la fianza, y cuando llegue el veredicto del jurado, la sentencia del juez será una broma. Un par de años en la cárcel, con todos los cuidados que el dinero puede comprar hasta que salga para seguir su vida como si nada hubiera pasado. ¿Crees que eso sea justicia, Peter?

—Eso no depende de nosotros, Ainara —contesta Peter queriendo aclararle el papel que le toca jugar—. No somos jueces, no decidimos sobre la vida de la gente, esa responsabilidad es muy grande y le corresponde a alguien más. Nuestro trabajo es atraparlos y entregarlos a la justicia, hasta ahí llegamos. Tú has hecho muy bien tu trabajo, Ainara, solo tienes que hacer lo que resta, entregarlo con vida para que sea sometido a juicio.

—¿Recuerdas a Turner, Peter? —pregunta Ainara de manera retórica, sabe perfectamente que Bennett lo recuerda muy bien—. Él ni siquiera llegó a juicio. Era el jefe criminal de la organización más peligrosa del mundo y, aun así, terminó de paseo por Nicaragua. ¿Crees que eso es justicia, Peter?

El agente Bennett quisiera poder reflexionar sobre lo que le dice Ainara, pero no tiene tiempo. Debe convencerla de hacer lo correcto, aunque esté reñido con la justicia. Sabe que ella es capaz de disparar y debe apelar a todo lo que tiene para detenerla.

—Ainara, piensa en ti por una vez —dice Peter buscando otro camino—, o piensa en la situación en la que me pones a mí. Sabes lo que siento por ti. Si aprietas el gatillo, no solo arruinarás tu carrera, también destruirás nuestra relación; no podré cubrirte esta vez. Si alguna importancia tengo en tu vida, por favor, no lo hagas. Me lo prometiste.

Ainara escucha las palabras de Peter y por primera vez desvía la mirada del objetivo. Sus ojos bajan por un instante como buscando una respuesta en algún lado, una salida distinta de la que tenía planeada, pero que no la deje con la sensación de impotencia que ya antes ha sentido. Peter es muy importante para ella, tal vez deba recapacitar, puede que su amigo tenga razón. Su brazo se afloja levemente y el cañón comienza a bajar muy despacio.

El hombre que había estado en la mira hasta hacía un instante también se relaja. Piensa que el Programa de Protección a Testigos es una posibilidad en la que puede pensar. Como tantas otras veces en su vida, nuevamente se saldrá con la suya. Una sonrisa de soberbia se insinúa en sus labios, parece que ha vuelto a ganar.

Entonces, un estruendo rompe el tenso silencio. El olor a pólvora flota en el aire y ya nada será igual.

# 1

# UNA CARNICERÍA

*Una semana antes*
*Nueva York*
*Jueves, 15 de abril*
*8:30 a. m.*

VEO las calles a través de la ventanilla del coche pasar frente a mí. El paisaje es conocido, pero la situación es distinta. Hay un peso que ya no oprime mi pecho. No creo que tenga una vida feliz, pero el dolor ya no me acosa como antes. El tiempo ha pasado y la vida continúa, nada se detiene. Luego del último intento fracasado de comenzar una relación, sentí que, tal vez, las relaciones no eran lo mío. El mejor hombre que tuve a mi lado murió sin que le pudiera decir cuánto lo amaba. Concentrarme en el trabajo fue la mejor decisión que tomé. Hace varios meses que no tomo una sola gota de alcohol. Es el cambio que me estaba debiendo, las últimas veces ya no podía ni mantenerme en pie y el hígado comenzó a pasarme factura. Hay momentos en los que se hace difícil, pero la presencia de mi padre me ha ayudado. Estamos juntos en esto. Ahora me alimento más de lo que debería, pero a nadie parece importarle; aumenté 6 kilos.

—Ya estamos en posición, Philip —me avisa Peter por el radiotransmisor y recién entonces me percato de que nos hemos detenido.

Las tres furgonetas del FBI que conforman el equipo frenan a la vuelta de nuestro destino. Philip dirige la misión desde un piso, frente a la dirección en la que está el lugar donde debemos ingresar. Desde allí puede ver los movimientos y decidirá en qué momento haremos la incursión.

—Aguarden a que les diga —responde Philip y yo también lo escucho por el auricular que llevo en el oído izquierdo—. Solo unos segundos más.

Peter, que se encuentra sentado a mi lado, en la parte de atrás del vehículo, me mira y sonríe. Disfruta que estemos trabajando juntos; yo también lo hago. Instantes antes de entrar en acción, siempre me da su sonrisa pacificadora. Es como una cábala o un voto de confianza que me dice que, pase lo que pase, todo estará bien.

El operativo estaba decidido desde ayer en la noche, pero recién esta mañana, hace una hora, tuvimos la dirección exacta. Peter y Freddy vieron al informante y vinieron con el dato preciso. Aparte del equipo en las furgonetas, hay otro disperso por la calle simulando que realiza compras. Es una zona comercial del barrio Chino, siempre hay mucho movimiento, por lo que es fácil que pasen desapercibidos. Sin embargo, como tampoco pueden estar demasiado tiempo pululando por la calle sin despertar sospechas, Philip no debe demorarse en dar la orden.

—¡Avancen!

Escucho la indicación del jefe cuando el semáforo se pone en verde. Las tres furgonetas arrancan y giran en la esquina a gran velocidad hasta situarse frente al lugar designado.

—¡Ahora! —exclama Peter mientras abre la puerta de su lado y desenfunda el arma.

Yo hago lo mismo de mi lado de la furgoneta. Corro hasta la pared, sosteniendo mi arma con las dos manos y apuntando al suelo. Freddy Tanaka, que venía en la segunda furgoneta, se sitúa a mis espaldas. Veo cómo los civiles comienzan a correr en todas direcciones y dos agentes arremeten contra la puerta con el ariete. De un solo golpe la cerradura estalla en mil pedazos y la puerta se abre de par en par. Peter ingresa primero y yo voy detrás de él, el resto de los agentes me siguen. Cuando todavía no se adaptaba mi visión a la oscuridad del lugar, un fogonazo me deslumbra a pocos metros y empiezo a disparar en esa dirección sin saber a qué. Ni siquiera pudimos dar el anuncio de que somos del FBI. Los disparos cruzan en todas direcciones. Veo de reojo que Peter se toma el brazo y que otro de los agentes cae al suelo, pero yo sigo disparando. Entre las corridas y los gritos, veo que dos hombres del bando opuesto caen, no sé si por mis balas o las de mis compañeros. Por un segundo hay silencio y puedo echar un vistazo más claro. Pero de inmediato el estruendo de nuevos disparos me pone en alerta y escucho el silbar de una bala muy cerca de mi rostro. Giro hacia la escalera desde donde viene el fuego y disparo hasta vaciar mi arma. Mientras cambio el cargador, busco a Peter, pero no lo encuentro. Veo sin embargo a Freddy junto a mí, disparando como enloquecido a cada bulto del lugar. Escucho un movimiento en la escalera y vuelvo a disparar. Le doy a un hombre que en realidad venía rodando escalera abajo, tal vez sin vida. Veo que Freddy también le dispara.

—Está bien, Freddy —le digo para calmarlo. Es un novato y está fuera de control; temo que podría darle a uno de los nuestros.

Recién entonces veo a Peter, que avanza con su arma apuntando hacia la escalera.

—Vamos —dice y noto que su brazo sangra. Quisiera ver si se encuentra bien, pero no hay tiempo para eso. Conté tres delincuentes caídos y ahora veremos qué hallamos arriba. Se escuchan gritos desesperados en un idioma extranjero y nuevos disparos. Nos miramos con Peter y subimos corriendo. Solo veo la espalda de Peter, quien, apenas llega al siguiente piso, comienza a disparar. Me corro como puedo a un lado para ver qué hay delante. Todavía en la escalera, y con la mitad del cuerpo asomando, disparo yo también hacia donde veo el fuego enemigo. El delincuente cae y otro lo reemplaza. Peter se arroja a un costado para cubrirse con el marco de una puerta y yo me echo al suelo. Le doy en el pecho al atacante, que cae hacia atrás. Sale un tercer hombre, mostrando su arma en alto en clara señal de rendición, y escucho un disparo que cruza por arriba de mi cabeza y le da en pleno rostro, borrando su cara en una mancha de sangre. El hombre cae sentado, sin vida, en el umbral de la puerta. Es Freddy el que disparó y se lanza, saltando por encima de mí, hasta el lugar de donde había salido el último hombre. Peter corre detrás de él, y mientras me pongo en pie para seguirlos, veo que Freddy ingresa a la habitación disparando. Escucho gritos y voy tras ellos. Entro a la habitación y veo a Freddy y a Peter con las armas en alto, apuntando a un grupo de gente arrinconada contra la pared. Otro cuerpo yace en el suelo con un arma en la mano. Mientras Freddy no deja de apuntar, Peter baja su pistola.

—Tranquilos —dice Peter—, somos del FBI, ya están a salvo. ¿Hay alguien más en el lugar?

Nadie responde, se les ve a todos en muy mal estado, delgados y sucios. Hay otras dos personas en el suelo con las mismas características, pero de ellos fluyen ríos de sangre. Los delincuentes les deben haber disparado hace unos segundos. Son unos veinte en total, todos orientales; uno de ellos trata de comunicarse.

—¿Entiendes algo? —le pregunto a Freddy, que si bien sigue con el arma en alto, parece estar más calmado.

—No —me responde sin dejar de apuntarle a la gente.

Miro al delincuente abatido en el suelo y me acerco, con el pie aparto su arma. Me pongo en cuclillas y verifico su pulso. No tiene, está muerto. Es entonces que veo en su muñeca un tatuaje de tres líneas paralelas. Es demasiado sencillo como para ser simple ornamentación, puede que signifique algo. Entonces me enderezo y vuelvo hasta la puerta. Reviso a otro de los delincuentes, el que recibió el disparo en el rostro. También tiene el mismo tatuaje, ahora no dudo, algo debe significar. Escucho gritos y nos sobresaltamos.

—Quédate aquí —le indica Peter a Freddy mientras nosotros vamos a ver qué pasa. Escucho disparos y veo que al final del pasillo otro delincuente cae herido. Dos de nuestros agentes ya están sobre él. Peter vuelve a la habitación.

—Pide un intérprete —le dice a Freddy—. Con Ainara iremos a revisar el resto de la casa. Tú quédate aquí, cuidando a esta gente. —Peter camina hacia el pasillo, pero se detiene, se da vuelta y le dice a Freddy en un tono grave—. Luego hablaremos.

Sale de la habitación y camino junto a él. Freddy se excedió y Peter deberá aclararle algunas cosas. Prefiero no decir nada, entiendo al novato. Observo el brazo de Peter, que sigue derramando abundante sangre.

—¿Estás bien? —le pregunto.

—Fue solo un rasguño —responde—, pero duele bastante —dice sonriendo y yo le devuelvo la sonrisa. Sé que un disparo en el brazo no lo va a detener, así que esperaré a que lo vean los médicos para saber realmente cómo está.

Nos aproximamos a la otra puerta que se halla al final del pasillo. Sacamos nuevamente nuestras armas. Otros dos agentes están junto a nosotros. Peter gira el picaporte y la puerta se abre con lentitud. Apunto con mi Smith & Wesson hacia el interior, pero no hay movimiento. Me llama la atención que el lugar sea muy distinto al resto de la casa. Hay una camilla e instrumentos médicos, parece un quirófano.

—¿Qué diablos es esto? —pregunta Peter al ingresar a la habitación—. El chivato de esta mañana nos habló solo de los inmigrantes indocumentados, esto no tiene sentido.

—Vamos al piso de arriba —digo mientras me volteo para ir hacia la escalera, presiento que aquí hay algo más aparte de lo que pensábamos. La redada había sido para rescatar a inmigrantes chinos secuestrados, gente que venía desde Asia con la promesa de trabajo y una vida en libertad, pero que al llegar se encontraba con esclavitud. Las mujeres terminaban en burdeles, los hombres, en fábricas clandestinas, y los niños… Mejor ni pensar lo que hacen con los niños.

Uno de los agentes permanece en el quirófano mientras el otro viene con nosotros. Al llegar arriba, a lo que sería el altillo, veo una puerta de metal cerrada con un gran candado. Peter lo toma con la mano que no lleva el arma y me mira. Presiono el botón del radiotransmisor.

—Necesitamos un abrelatas en el altillo.

Mientras esperamos a que llegue alguien para abrir la puerta, siento frío en los pies. Me agacho y acerco la mano al suelo. Está congelado. Llega el agente con un enorme alicate para cortar el candado. El hombre hace fuerza y el candado cede, lo quita y se aparta. Peter empuja la puerta y un olor fétido con un frío de muerte penetra por mi nariz. Lo que veo es espantoso, me cubro la cara con el brazo y Peter hace lo mismo. La habitación es un gran refrigerador repleto de cadáveres. La mayoría de ellos enteros, pero algunos están desmembrados. Hay decenas de cuerpos amontonados aquí y allá. Lo miro a Peter y dudamos un instante. Luego entro a la habitación, mirando muy bien por donde camino. Me acerco a los cuerpos desnudos. Puedo ver cortes sin suturar en todos ellos, algunos están abiertos de par en par. Escucho al agente que abrió la puerta, que súbitamente comienza a vomitar. Yo también siento náuseas, así que contengo la respiración y salgo. Bajo las escaleras casi corriendo y recién entonces respiro agitada. Apoyo una mano en la pared y lo veo bajar a Peter. Él me mira desconcertado.

—Tráfico de órganos —dice en un tono neutro, como si se estuviera forzando a no mostrar emociones. Aprieta entonces el botón de su radiotransmisor—. Philip, necesitamos a los forenses, que vengan preparados porque esto es una carnicería.

# 2

## UN OJO ENCIMA

*Nueva York. Oficinas del FBI*
*Jueves, 15 de abril*
*11:30 a. m.*

PETER FUE atendido por los paramédicos, en la calle, a la salida del operativo. Como había dicho, solo se trataba de un rasguño. Dos de nuestros agentes no tuvieron tanta suerte, están mal heridos y ya fueron trasladados al hospital.

Luego de ser curado y vendado, a Peter le dieron para que vista una cazadora del FBI, su chaqueta no servía más. En contra del consejo del paramédico, se quedó junto con Ainara y Philip una hora más en el lugar. Querían saber qué resultado daban las pericias preliminares de los forenses. Sin embargo, en un momento Philip lo llamó aparte, hablaron unos segundos y se marcharon del lugar sin dar explicaciones.

Ahora se encuentran en la oficina de Philip, respondiendo a las preguntas de dos agentes de la CIA: Marcus Brandon y Tom Reagan.

—Pensé que este tema ya estaba aclarado —dice Philip desde su silla. Peter está parado a su lado, y mientras Brandon se sienta frente a él, Reagan permanece de pie junto a la puerta.

—Al contrario, agente Nash —responde Brandon, que parece estar a cargo; es mayor que su compañero y tiene una actitud de soberbia que a Peter lo exaspera—, no hemos recibido ninguna explicación de su parte.

—No hay nada que explicar —se apura a decir Philip, que intenta restarle importancia al tema—, ninguno de nuestros agentes tiene que ver con ese asesinato, están buscando en el lugar equivocado.

Ya habían tenido una reunión meses atrás, en la que los agentes de la CIA le preguntaron a Philip por el asesinato de Thomas Turner, el líder de una organización criminal atrapado por Ainara hacía dos años, pero que había entrado en el Programa de Protección a Testigos y luego de huir se había establecido en Nicaragua. La CIA pensaba que algún agente del FBI podía estar implicado en la ejecución, pero al no presentar ninguna evidencia, Philip se había desligado del problema con facilidad. Ahora volvían de nuevo a la carga sin previo aviso. Philip decidió abandonar el operativo y venir con Peter como apoyo para deshacerse de ellos de una vez.

—Tal vez deba ver estas fotos, jefe Nash. —El agente

Brandon le arrima un sobre color manila y lo deja sobre el escritorio.

Philip lo abre y saca dos fotos.

—¿Quién es ella? —pregunta Philip sin inmutarse, pero tanto él como Peter la reconocieron.

—Esta es Ainara Pons entrando en la casa de Nicaragua en la que vivía Thomas Turner, fue captada por las cámaras de seguridad. Me extraña que no la reconozca.

—Lo que yo veo —dice Philip con tranquilidad, restándole importancia—, es una mujer con anteojos negros y la cabeza cubierta por la capucha de la campera, ni siquiera se ve el color de su cabello. ¿De dónde saca que es Ainara? Para la fecha en que usted me dijo, ella estaba en servicio y nunca abandonó el país.

En este punto, Philip miente. Luego de la última reunión con los agentes de la CIA, había revisado las fechas y Ainara no había ido a trabajar. Era un viernes y, el día anterior, luego de un procedimiento complicado, él mismo le había dicho que podía quedarse descansando, que él la cubriría. Así que Ainara reapareció en la oficina el lunes siguiente, luego de tres días sin aparecer.

—Hay algo más en el sobre —dice Brandon y Philip busca dentro para extraer un documento.

—Ese es el informe de balística —explica Brandon con tono de satisfacción, como si estuviera disfrutando el momento—. La última vez le dije que se trataba de una Smith & Wesson Competitor del tipo Magnum. Bueno, ahora sabemos que esta arma está registrada a nombre de Ainara Pons.

—Esa arma —interviene por primera vez Peter,

dando un paso adelante y señalando el informe— se la regalé a Ainara hace unos años, pero le fue hurtada en uno de los procedimientos hace varios meses. Tal vez la quieren incriminar —agrega Peter arriesgando una hipótesis—. Si ella desbarató esa organización y Turner los había traicionado, alguno de los miembros que escaparon podría haber usado el arma de Ainara para vengarse de ambos.

El agente Brandon mira a Peter con una sonrisa, como si lo que acababa de decir le causara gracia.

—Me gustaría requisar el arma de la agente Pons en este momento —prosigue Brandon descartando de pleno la teoría de Peter Bennett, es como si no la hubiera escuchado—, que la cubran solo les traerá problemas. Mis informes dicen que la continúa usando.

—No es así —insiste Peter en su defensa, acercándose al escritorio, Philip lo observa porque sabe que si traen una orden deberán entregar el arma y no habrá forma de salvarla—. Yo mismo la acompañé a comprar la nueva Smith & Wesson, exactamente igual que la anterior. Ella estaba muy avergonzada de haber perdido mi regalo y quería reponerla de inmediato.

Brandon los mira en silencio por un instante, cree que le mienten y deberá forzar la situación.

—Lo siento —dice Brandon frunciendo la boca como si estuviera defraudado—, no quise venir con la orden porque esperaba recibir más cooperación; veo que me equivoqué.

—Escuche, agente Brandon —dice Philip inclinándose hacia adelante sobre su escritorio—. Usted está hablando de la exsecretaria de Seguridad Nacional, la persona más joven en ocupar ese cargo, amiga personal del anterior presidente y condecorada con honores por haber salvado al país de una terrible conspiración. Comprendo que está cumpliendo con su deber, pero si tiene un poco de paciencia, podrá ahorrarse la pena de ser avergonzado públicamente. Hoy Ainara abatió a dos delincuentes con su arma. Puedo pedir que se aceleren las pericias y mañana tendrá un informe de balística que podrá comparar con el suyo —al decir esto, arroja el papel sobre la mesa con desdén. No está seguro de lo que dirá el informe, pero espera que Peter esté en lo cierto y se trate de un arma distinta.

Nuevamente el agente de la CIA se toma un momento para evaluar la situación. Ya sea que Ainara hubiera perdido el arma o simplemente la hubiera escondido, tendría que haber una denuncia, es lo primero que se hace en esos casos. Cree que debería verificar esto antes de proceder.

—Está bien —dice al fin—. Como una cortesía profesional, esperaré hasta mañana. No creo que nadie se atreva a alterar un informe de balística.

El agente Brandon se pone de pie y se marcha acompañado por el agente Reagan, sin ni siquiera decir una palabra ni cerrar la puerta tras de sí. Philip mira a Peter con preocupación.

—Es verdad, jefe —aclara Peter—, yo la acompañé a comprar el arma.

---

*Nueva York. Oficinas del FBI*

*01:30 p. m.*

Tengo hambre, pero deberé esperar un rato para salir a almorzar. Siempre tengo hambre. Recién vuelvo con Freddy y parte del equipo. Tenemos que preparar el informe con el resultado del procedimiento, es como una declaración jurada de nuestra participación. En mi caso, esto es fundamental. El haber abatido como mínimo a tres criminales me obliga a que quede todo asentado con claridad para evitar problemas legales. En ese sentido, quien podría estar comprometido es Freddy, que se excedió en el uso de la fuerza según lo marcan los manuales. Por lo que con Peter deberemos ponernos de acuerdo en lo que escribiremos al respecto. Lo más sencillo será decir que no vimos nada. Peter estaba resguardado en el marco de la puerta y yo estaba en el suelo, así que no vimos qué sucedió con el último delincuente que salió por la puerta, solo lo vimos caer con un arma en la mano bajo el fuego del agente Tanaka. Nada más.

Estoy en mi escritorio y veo pasar a Peter a mi lado, con Freddy caminando detrás.

—Ven con nosotros —me dice Peter y yo me levanto para seguirlo. Vamos a la sala de reuniones. Luego de entrar, Peter cierra la puerta y lo encara a Freddy.

—No sé qué te pasó, pero no puede volver a suceder —le dice tratando de mantener la calma. Sé que no le gustan estas situaciones y debe estar bastante molesto—. Ya en la planta baja actuaste como loco disparando en todas direcciones. Pero lo que hiciste en el primer piso no tiene justificación. El hombre salió con las manos en alto, Freddy, no tenías por qué dispararle.

—Lo siento, Peter —dice Freddy avergonzado—, creo que entré en pánico. Te vi a ti sangrando contra la pared y a Ainara tirada en el suelo. En cuanto salió ese hombre con un arma en la mano, no pude hacer otra cosa que disparar. No llegué a evaluar si el tipo se entregaba o era una trampa, solo disparé.

Lo miro a Peter, pero no digo nada. Ante la duda, yo también hubiera disparado. Quisiera apoyar a Freddy, pero no puedo intervenir, el líder de este operativo fue Peter y no debo desautorizarlo.

—No nos uses de excusa, Freddy. —Peter comienza a revelar su verdadero estado de ánimo, ya suena molesto —. Te equivocaste y tuve miedo de que incluso les dispararas a los rehenes; estabas fuera de tus cabales.

Peter se lleva las manos a la cintura, mira hacia arriba y suspira.

—Está bien —dice mirándome a mí—. No había nadie más que nosotros y, por nuestra situación, no pudimos ver nada. Incluso podrías habernos salvado la vida. Sonará bien en tu expediente, pero acabas de quemar una de tus vidas. Vuelves a hacer algo como esto de nuevo y no te volveremos a cubrir. Sal de aquí.

—Gracias, Peter, no volverá a suceder. Gracias, Ainara —dice Freddy al salir y me quedo mirando a Peter.

—No seas duro con él —le digo con mi voz más compasiva.

—Sabes que no fui duro, Ainara. Todo lo contrario.

No puedo dejar que ande a los tiros como un pistolero del Viejo Oeste.

—Lo sé, Peter, pero ya viste lo que eran esos hombres.

Trato de justificar el accionar de Freddy, en definitiva, no se compara la vida de un asesino como esos con la de un oficial que salva a inocentes.

—Esos hombres, nada, Ainara. —Peter me mira enfadado—. No somos jueces ni verdugos, estamos para meterlos presos, nada más, ya es hora de que lo aprendas.

Al decir esto, Peter se detiene. Comprendo que esto va más allá de lo que hizo Freddy, pero no sé qué está queriendo decir.

—¿A qué te refieres, Peter?

—Recién estuvimos con Philip frente a dos agentes de la CIA. —Las palabras de Peter me sorprenden, pero sigo sin comprender. Nunca he tenido problemas con la CIA, así que no veo qué relación pudo tener esa charla conmigo. Él se da cuenta de que no lo estoy siguiendo porque se acerca para hablarme en voz baja—. Nos mostraron fotos tuyas en Nicaragua.

Luego de decir esto da un paso atrás y se queda mirándome en silencio. No sé qué decir, es como si el mundo se me viniera encima de golpe. Esa presión en el pecho que había desaparecido vuelve con más fuerza que nunca. El pasado aparece como un fantasma que me persigue. Esto no tenía que pasar. Estoy empezando una nueva vida, simple, sin enredos, persigo delincuentes, los atrapo y se acabó, nada más. Estaba bien así.

—¿Le disparaste con el arma que supuestamente perdiste, verdad?

No puedo mentirle. Además, no tendría ningún sentido, ya lo sabe todo. Asiento con la cabeza.

—Por eso quisiste que te acompañe a comprar un arma nueva: fui tu coartada.

Quisiera decirle que no es así, pero no puedo, es exactamente lo que hice. Me siento avergonzada y bajo la mirada.

—Entiendo por lo que pasaste —afirma Peter acercándose y tocándome el rostro con suavidad—, sé todo lo que te arrebató Turner. También comprendo que no es justo que estuviera por ahí libre y de vacaciones o haciendo sus negocios turbios en Centroamérica. Pero nada de eso justifica lo que hiciste.

Por un instante dudo de las acciones que pueda tomar, pero no me importa. Si debe entregarme lo aceptaré, no me enfrentaré con él ni lo pondré en riesgo. Es un buen hombre, un gran hombre.

—¡Di algo por Dios, Ainara!

—Lo siento, Peter. No te lo conté porque no quería involucrarte, pero ahora que lo sabes, haz lo que debas hacer.

—No digas tonterías, Ainara —suelta Peter como si yo hubiera dicho una ridiculez—. No voy a hacer nada. Con Philip ya te cubrimos, y a no ser que aparezcan con una nueva evidencia, no creo que puedan tocarte. Solo te pido que no vuelvas a hacer algo como eso, no podremos protegerte de nuevo. No es broma que la CIA te haya puesto un ojo encima, ellos no siguen las mismas reglas que nosotros. Diría incluso que no tienen reglas. Cuídate, por favor.

Me lanzo hacia él. Lo único que se me ocurre hacer es abrazarlo. Me aparto y le tomo el rostro con las dos manos.

—¿Sabes que te quiero mucho, verdad?

No sé quién de los dos está más sorprendido por estas palabras. De inmediato lo suelto y me alejo un paso. La situación se había tornado incómoda. Los dos tenemos historia y no era mi intención reflotarla. Solo somos buenos amigos.

—Gracias —digo y salgo de la habitación. No sé por qué le dije esas palabras. Tal vez no deseo que me vuelva a pasar lo mismo de hace dos años, no quiero perder a alguien sin haberle dicho cuánto me importa.

Esta vez he ido demasiado lejos. Tanto Peter como Philip se la han jugado por mí y no puedo defraudarlos. De aquí en adelante no volveré a romper las reglas. Ellos me cuidan y yo los cuido. No puedo dar ningún paso en falso o podría arruinarles la carrera.

—¿En qué puedo ayudarte, Ainara?

La voz de Freddy me saca de mis pensamientos. ¿O mis emociones? No lo sé con seguridad, pero tampoco quiero enredarme en eso ahora. El trabajo, el trabajo es siempre la respuesta, necesito enfocarme. Debemos romper esta red de tráfico de órganos.

—¿Tú sabes algo sobre la mafia china de Nueva York? —le pregunto a Freddy, que camina a mi lado esperando una respuesta a su ofrecimiento. Lo veo negar con la cabeza.

Él sonríe tímidamente, creo que se siente en falta y

está cuidando sus respuestas. Dejo de pensar en él y me detengo porque una idea viene a mi mente. Necesito chinos de confianza que me orienten, y los tengo. Le preguntaré a mis amigos, los Wong, a ver si saben algo. Ellos tienen un restaurante en el barrio Chino, algo deben saber. Lo miro a Tanaka, está a mi lado y también se ha quedado quieto. Tal vez en algo me pueda ayudar, pero, por lo pronto, alejarlo de Peter les vendrá bien a los dos. Si tengo que cuidar a alguien, tal vez pueda empezar por este muchacho.

—Ven conmigo, Freddy. No tengo ganas de manejar, échame una mano, por favor.

## 3

# SAN GEN

ESPERO LLEGAR PRONTO A CASA. Unas cuantas lamidas y arrumacos de mi bestia negra, Bob, me vendrán muy bien. Cuando esté allí, antes que nada, comeré algo, estoy famélica. Luego iré a visitar a mis vecinos para hablar con Kim y ver qué información me puede dar. Estoy segura de que, si ella no sabe nada, me podrá contactar con alguien que sí sepa. Por algún lado debo empezar.

Miro a Tanaka a mi lado y me veo a mí misma hace diez años, queriendo servir, ayudar, salvar al mundo. Ahora me conformo con poder salvar a víctimas de estas mafias que sean más cercanas a mí. Creo que de todas las charlas que tuve con mi padre en este tiempo, luego de reencontrarnos, lo que más me quedó fue eso, hacer las cosas sencillas. Él me dijo que cuando estuvo a punto de caer por el precipicio, tuvo una especie de epifanía, su mente solo le repetía: hacer las cosas sencillas. Él siguió su propio consejo y logró encaminarse. Es mi turno ahora: ya me estoy encaminando. No debo dar vueltas. Tal vez esto lo pueda aplicar al caso. Fácil. Hablar con Kim es algo sencillo. Cuanto antes hable con Kim Wong, más rápido estaré haciendo algo más que esperar los resultados de los forenses.

—¿Y por qué me demoro entonces?

—¿Perdón? —me dice Freddy al no comprender de qué hablaba. No me había dado cuenta de que ese último pensamiento se me escapó en voz alta.

—Nada, nada.

No tengo por qué explicarle lo que digo o pienso.

Cojo el móvil y busco en el WhatsApp el número de Kim. ¿Para qué demorarme en llegar allí si puedo empezar a hablar ahora mismo? Hacer las cosas sencillas. Le escribo:

«Quisiera hablar contigo. ¿Sabes algo de la mafia china del barrio?».

Envío el mensaje y de inmediato me entra la duda. Pienso que tal vez no debería haberlo hecho. ¿Por qué involucrar a mis amigos? Siempre tengo esa necesidad de ir más allá del deber. Lo más «fácil» sería dejar que los analistas del FBI recopilen toda la información al respecto y me pasen un informe. Pero por algún motivo quiero dar un paso más. Tal vez sea el momento de parar, de hacer lo que hace la mayoría de la gente, solo cumplir. Sin embargo, recuerdo que ya intenté hacerlo.

Recuerdo que me cambié el nombre, que quise tener una vida tranquila, sin riesgos, una vida común. No pude hacerlo. Los problemas me buscaron, el pasado siempre me alcanza.

Suena el teléfono y veo el símbolo de WhatsApp en la pantalla. Es Kim:

—Sí, Ainara. Estoy ahora en el restaurante. Prefiero no hablar de eso por WhatsApp. ¿Quieres venir?

Suspiro. No puedo ir en contra de mi naturaleza.

—Freddy, cambio de planes, vamos al barrio Chino.

---

*Barrio Chino, Nueva York*
*02:50 p. m.*

Freddy se detiene en la puerta del restaurante y bajamos del coche. De inmediato un oficial de policía se nos acerca: está prohibido estacionar. Le muestro mi placa. Me saluda tocándose la gorra y se retira. Hace unas horas estábamos a pocas calles de aquí a los tiros; ahora, sin embargo, todo está en calma como si nada hubiera sucedido. El trajín del barrio es tan arduo como siempre; turistas curioseando, gente haciendo las compras y los restaurantes llenos. Siempre me gustó la decoración china, no sé por qué no vengo más seguido.

Entramos a la tienda y veo la cara sonriente de Kim, que se aproxima a recibirme. Usa un traje tradicional. No estoy acostumbrada a verla vestida así.

—Hola, Ainara. Qué lindo verte.

—Gracias, Kim. ¡Qué linda que estás! Nunca te había visto así.

—Gracias, Ainara. —Kim hace pose de modelo, llevándose una mano al cabello, y ambas nos reímos—. Es mi uniforme de trabajo. Vamos, siéntate con tu amigo.

—Él es mi compañero Freddy Tanaka.

Kim saluda también a Freddy. Nos sentamos a una mesa y Kim le hace señas a una chica que se encuentra al otro lado del mostrador.

—Me hubiera gustado venir a charlar de cosas más relajadas, pero estoy en medio de un caso relacionado con chinos y necesito ayuda.

—Por favor, Ainara —contesta Kim sin dejar de sonreír—. Ya tendremos tiempo para divertirnos. Dime qué necesitas.

—Espero no te moleste mi consulta, Kim —prosigo para entrar en el tema—. Pero hoy realizamos un operativo cerca de aquí y creemos que la mafia china está involucrada. ¿Sabes algo de eso?

—No sé específicamente sobre el operativo de hoy, pero hay tres familias importantes que controlan el barrio Chino.

No me extraña lo que me cuenta, es lo común en la mafia de cualquier nacionalidad. Italianos, irlandeses, puertorriqueños, no importa de dónde sean, todos buscan controlar una parte de la ciudad. Nueva York, por momentos, se convierte en una tierra de etnias en conflicto. Cuando eso sucede, aparte de correr mucha sangre, se pueden ver grafitis en las calles marcando los territorios. Cada grupo tiene su símbolo. Esto me hace recordar lo que me llamó la atención esta mañana y reviso mi móvil. Antes de volver a la oficina había tomado algunas fotos.

—¿Sabes que significa esto, Kim?

Le extiendo el teléfono con la foto que tomé del brazo de uno de los criminales. Se ve con claridad el tatuaje con las tres líneas paralelas. Kim lo observa con atención. Cuando está a punto de decir algo, llega la camarera con una enorme bandeja redonda. La apoya en una pequeña mesa a un lado y veo gran variedad de platos orientales. Kim ayuda a la camarera a ponerlos en la mesa.

—Come, amiga, come —dice Kim señalando la comida—. Usted también, Freddy, coma, por favor.

—No te hubieras molestado, Kim —digo como queriendo excusarme, pero ya mis manos recogieron un par de palillos y aterrizan entre los distintos platos. Ya es entrada la tarde y en todo el día solo he tomado dos cafés, podría comerme el restaurante entero. Freddy, por su parte, levanta las dos manos, negándose a la invitación, pero agradeciendo a la vez. Supongo que no quiere parecer que abusa de su posición, sigue queriendo no equivocarse. Estoy saboreando un bocado cuando Kim me devuelve el móvil.

—San Gen —dice y yo la miro sin comprender—. Es una de las familias que te mencioné, tal vez la más importante. Ese ideograma significa tres raíces y es su símbolo.

—¿Y tú cómo sabes de estas cosas? —le pregunto mientras sigo comiendo; la comida está deliciosa.

—Mi padre, cuando nosotros éramos adolescentes, se enfrentó a ellos porque le exigían un cupo muy alto para mantener el restaurante abierto. Eso le costó mucho dinero y el dedo meñique de su mano izquierda. A partir de allí comenzó a pagar su cuota mensual puntualmente… —Kim hace un silencio, como si hubiera algo que está dudando si decir o no.

—¿Qué sucede, Kim? —le pregunto de manera afectuosa y ella me mira avergonzada.

—Aún hoy les seguimos pagando. —Baja la mirada luego de decir eso. No debe sentir pena por eso, es una víctima, no hay nada de qué avergonzarse. A mí me genera enojo. Estoy harta de los abusos. Siempre hay algún matón aprovechándose de los demás. Debo ponerle fin a esta situación.

—Entiendo —le digo sin juzgarla ni alentarla—, todos hemos debido hacer alguna concesión en la vida. Pero hoy les hemos dado un duro golpe a esos bastardos, y si podemos volver a golpear antes de que se levanten, tal vez no puedan levantarse nunca más.

Ella me mira como juntando coraje. Se pone de pie sin dar ninguna explicación y va hacia la cocina.

—¿Qué piensas? —le pregunto a Freddy, que permanece sentado sin decir ni comer nada. Se alza de hombros. Su actitud me hace reír. Creo que sigue intentando no cometer más errores, al menos por el día de hoy. Veo a Kim volver acompañada; es Liu.

—Hola, Liu —lo saludo—. ¿Has estado ahí atrás todo el tiempo?

—Hola, Ainara —me responde con una sonrisa que hace que sus ojos desaparezcan en dos finas líneas—. Hoy ha faltado un cocinero, así que estoy un poco atareado entre los fogones.

—¿Te ha dicho Kim por qué vinimos?

—Sí —responde Liu y se sienta a mi lado. Se inclina hacia mí y me habla en voz baja—. Creo que puedo ayudarte. Sé dónde tiene San Gen uno de sus «almacenes».

—¿Dónde está?

—Es una fábrica de cerámica que tienen junto al río. Es su fachada legal para lavar dinero, pero viven de la extorsión y varios negocios ilegales más.

—Dime dónde queda, así le voy a echar un vistazo —le insisto y Liu mira a su hermana, que le responde asintiendo con la cabeza.

—Mejor te llevo yo mismo —dice Liu y mira a los costados como si alguien lo pudiera estar escuchando—. Si vas con tu coche, que ya todos han visto, nos dejarás en evidencia.

Liu tiene razón, lo que menos quiero es ponerlos en peligro. Pero que venga con nosotros tampoco me parece buena idea. No entiendo lo que propone.

—Saldremos por atrás —explica Liu— y llevaremos el coche de uno de nuestros empleados. Nadie lo relacionará con nosotros. Mientras tanto, tu coche permanecerá donde está. Luego volveremos y se irán por donde llegaron luego de una rica comida.

Me sorprende la estrategia que nos propone Liu, es como si hiciera estas cosas todo el tiempo. Quizás ya tenía planeado ir hoy mismo a investigar en aquella fábrica. No voy a hacer ningún comentario sobre eso. Si mis amigos están involucrados en algún asunto dudoso, prefiero no enterarme. Como un bocado más y me levanto de la silla.

—Esto está sumamente rico, pero debemos irnos —digo y siento que Freddy me toma del brazo.

—Disculpa, Ainara, ¿no crees que deberíamos esperar refuerzos?

—No hay tiempo para eso —le contesto—, solo echaremos un vistazo.

---

TAL CUAL LO PLANEÓ LIU, salimos por la cocina hasta la calle de atrás del restaurante. Entramos en un viejo Toyota marrón oscuro y nos dirigimos hacia nuestro destino. A las pocas cuadras comenzamos a ver menos gente en la calle. Esa zona del río no es tan comercial, hay depósitos y alguna que otra fábrica. Solo hay camiones que descargan mercancía, gente trabajando, nada de curiosos. Frenamos a cien metros. Liu nos señala el edificio. No se diferencia en nada del resto. Tiene un cartel escrito en chino sobre el portón y veo que entra y sale alguna que otra persona.

Liu vuelve a encender el motor.

—Debemos volver —dice mi amigo, satisfecho con haber llegado hasta aquí—, no quiero que llamemos la atención.

Arranca, y cuando va a girar para volver, le toco el hombro.

—Dirígete por aquella calle —le indico señalando una callejuela lateral. Liu me obedece.

—Detente aquí —le digo. Él me mira dudando, pero hace caso—. Tú vuelve al restaurante y sigue como si nada, nosotros nos quedaremos revisando el lugar.

Liu quiere decirme algo, pero no lo hace, sabe que cuando se me mete algo en la cabeza no hay forma de hacerme cambiar de opinión. Solo sonríe. Nosotros bajamos y empezamos a caminar en dirección contraria al río para rodear la fábrica. Liu se marcha.

Encontramos un callejón que da a la parte trasera del establecimiento. Hay unos grandes botes de basura y muchas cajas de cartón. Veo también un portón situado un metro por encima del nivel de la calle. Probablemente los camiones carguen por aquí. Nos acercamos más y creo ver algo detrás de las cajas. Las aparto y descubro dos ventanas pequeñas al nivel del suelo. Seguro son para la ventilación de algún sótano. Una de ellas tiene el vidrio roto en una esquina. Miro por el hueco y no se ve nada, está oscuro. Tomo mi celular, activo la linterna e ilumino dentro. Parece una sala grande, pero el orificio no tiene más de diez centímetros. Resulta complicado ver y alumbrar a la vez.

—Diablos —digo y lo miro a Freddy—. Podrías ayudar con algo, ¿no?

—Creo que no deberíamos estar aquí, Ainara. Llamemos a la central para pedir instrucciones. Necesitamos una orden.

—¿Qué te sucede, Tanaka? Esta mañana te creías un maldito Rambo y ahora te comportas como una señorita asustada.

El muchacho ha logrado irritarme, pero no me detendrá. Meto el brazo por el orificio del vidrio roto y logro alcanzar el pestillo de la ventana. Lo abro, saco el brazo y hago fuerza, pero la ventana está trabada. Me detengo y miro a mi compañero.

—¡Demonios, Freddy! ¿Para qué viniste? Haz algo de una vez, abre la maldita ventana.

Freddy aprieta los labios y sacude la cabeza. Se acerca a la ventana y de un solo tirón la abre.

—Gracias —le digo a la vez que lo apartó con la mano. Mucho músculo y poco cerebro. Hasta hoy tenía otra opinión de él; creo que me he equivocado. Me agacho y meto la cabeza con la linterna dentro del lugar. Como me había parecido antes, es una gran sala, pero ahora logro ver algo más, hay una puerta metálica al fondo. Miro hacia abajo y encuentro una mesa. Creo que llego a ella con facilidad. Saco la cabeza de la ventana, guardo el móvil en el bolsillo y me siento en el borde con las piernas hacia adentro.

—Espera, Ainara.

—¡Basta, Freddy! —le grito, pero sin levantar la voz, ya me hartó.

Giro sobre mi propio cuerpo y mis piernas quedan colgando dentro mientras permanezco sostenida por el torso y los brazos. Me deslizo sobre el abdomen hacia adentro hasta el máximo que logro sostenerme. Lo miro a Freddy, ahí parado sin ayudarme, y no puedo creer que se comporte de esta manera. Es el momento, me suelto. Caigo sobre la mesa, que se tambalea, pero resiste. Ya estoy dentro.

Enciendo la linterna del móvil y bajo de la mesa. Alumbro en todas direcciones, pero no hay nada, el lugar está vacío. Solo veo las columnas y aquella puerta al fondo. Si aquí fabrican cerámica, esto debería estar lleno de materiales, cerámicas terminadas o incluso cerámicas rotas, pero no hay nada, ni siquiera demasiado polvo.

Camino hacia la puerta. Temo que ya sé de qué se trata. Al llegar hasta ella me agacho y toco el suelo. Está frío, justo lo que esperaba. La puerta tiene un gran candado, como la que encontramos por la mañana. No tengo dudas, es un refrigerador.

Creo que hasta aquí puedo llegar, debo avisarle a Philip. Vuelvo a la mesa, subo. Llego a asomar la cara por la ventana y lo veo a Freddy con el teléfono.

—¿Qué haces, Tanaka? Sácame de aquí.

Estiro los brazos y Freddy me toma de las muñecas. Tira y me saca arrastrando. Me raspo el busto y el abdomen.

—¡Suéltame! —exclamo enfurecida. Termino de salir por mi cuenta—. ¿En qué demonios estás pensando de nuevo? No es momento para jugar con el teléfono.

—Lo siento, Ainara. Le estaba respondiendo a mi familia, son muy tradicionales. Si no les contesto, tendré problemas.

—Los problemas los tendrás conmigo cuando te mande a dirigir el tránsito.

Prefiero no pensar más en Tanaka porque me está sacando de quicio. Llamo a Philip.

—Hola, Ainara —dice Philip con su voz tranquila de siempre—, espero que ya estés descansando.

—Ojalá pudiera, jefe. Pero no. —Tengo que decirle todo de un tirón antes de que intente callarme—: La gente que atrapamos hoy pertenece al clan San Gen, la mafia que controla el barrio Chino. Estoy afuera de su central de operaciones, una aparente fábrica de cerámica, ¿pero adivina lo que encontré en el sótano?

—¿De qué estás hablando, Ainara?

—Tienen un refrigerador como el que vimos esta mañana. Una fábrica de cerámica debería tener un horno, no un refrigerador. Tenemos que allanar esto rápido.

—Espera, Ainara. No sé de dónde sacaste esta historia, pero, aunque fuera real, no podemos entrar en cualquier lugar sin pruebas.

—Consiga la orden, jefe, y vengan para acá. Una vez que entremos a ese sótano, solo podrán agradecernos.

—Ainara, detente. —La voz de Philip suena seria—. Las cosas no son así, tenemos reglas y es momento de que empieces a cumplirlas.

Sé que Philip se refiere a más de una cosa, pero no es momento para discutirlo.

—Escucha, jefe. Te agradezco todo lo que has hecho por mí en todo momento. Si es necesario, al terminar esta tarde tendrás mi renuncia en tu escritorio. Pero ahora debemos actuar. Luego del operativo de la mañana, no creo que esta gente se quede esperando a ver qué pasa. Si todavía ocultan algo, está ahí adentro. Apure a quien deba, jefe. ¿Confía en mí?

Espero su respuesta, pero se demora. Miro a Tanaka, que permanece inmutable a mi lado.

—Está bien, Ainara. Pásame las coordenadas que vamos para allá. Espero que no te equivoques.

# 4

## ¿DÓNDE ESTÁ EL SÓTANO?

*Ribera del Hudson, Nueva York*
*Jueves, 15 de abril*
*04:30 p. m.*

Las tres furgonetas negras llegan a la parte trasera de la fábrica. Peter baja y se acerca a donde estamos.

—¿Estás segura de esto?

—¿Trajiste la orden?

Ni siquiera respondí su pregunta. Parece ser que hoy todos dudan de mi criterio. Peter abre su chaqueta y me muestra la orden que lleva en el bolsillo interno.

—Bien.

Cuando veo que los diez agentes del equipo están a mi alrededor, comienzo a dar las instrucciones.

—Con Tanaka ya revisamos las inmediaciones. Además de la entrada principal en el frente, tenemos dos salidas secundarias en la parte de atrás. Esta parece no usarse demasiado —digo mientras señalo el portón a un metro de altura detrás de nosotros—, pero dejaremos dos agentes por las dudas de que alguien intente escapar. La otra salida es utilizada por el personal, pero tampoco tiene mucho movimiento, Tanaka la cubrirá con alguno de ustedes. —Freddy me mira molesto, seguramente le gustaría entrar con nosotros en lugar de quedarse como vigilante—. El resto viene conmigo y con Peter a la entrada principal. Nuestro objetivo es llegar allí abajo. —Señalo las ventanas que dan al sótano—. Nadie sale del lugar hasta que lo permitamos. ¿Alguna pregunta?

Nadie dice nada, llegó el momento de actuar. Los que no se quedan en las salidas traseras subimos a las furgonetas y en menos de treinta segundos llegamos a la entrada principal. Bajamos de los vehículos y entramos. El portón está abierto, así que nadie nos frena. Peter lleva la orden en alto. Camina anunciando que somos del FBI y que nadie debe moverse. Uno de los agentes se queda en la puerta y el resto se va separando para tomar el control de la fábrica. Por un lado, hay oficinas con escritorios, y por el otro, cajas y cajas de cerámicas apiladas. Parece más un depósito que una fábrica. Está claro que acá no fabrican nada, es una fachada, como lo dijeron mis amigos Wong.

—¿Qué hacen aquí? —grita el hombre de aspecto oriental que baja por la escalera. Nos habla en perfecto español—. No tienen ningún derecho a entrar de esta manera. Váyanse de inmediato o llamaré a sus jefes.

Me sorprende la actitud de este personaje. Supongo que debe estar acostumbrado a echar a policías. Como todas las mafias, tienen comprados policías corruptos que los alejan de los problemas.

—¿Quién es usted? —le pregunto cuando lo veo venir hacia nosotros. Prefiero no entrar en discusiones sin sentido.

—Soy Simon Cheng, el gerente de la fábrica, ¿y usted quién es?

—Yo soy la agente Ainara Pons del FBI. Tenemos una orden de registro para el establecimiento. Nadie puede salir ni entrar mientras dure el operativo. Guíenos al sótano, por favor.

—No los guiaré a ningún lado —dice el gerente mientras saca su teléfono y comienza a realizar una llamada. Me gustaría retorcerle el brazo y cerrarle la boca, pero aún no ha hecho nada que lo justifique. Espero que lo haga pronto.

—¿Dónde está el sótano? —le insisto, pero me ignora. Me muerdo el labio inferior y me contengo. Sin duda, está llamando a sus abogados. En unos minutos habrá un regimiento de ellos obstaculizando el operativo.

—Agente Pons.

Uno de nuestros hombres me llama desde el final de un pasillo. Me dirijo hacia allá y Peter me acompaña. El agente señala la escalera que baja desde allí y con Peter comenzamos a descender. Está oscuro, pero reconozco el lugar. Busco el interruptor de luz, lo encuentro a mi derecha y lo activo. Ahora veo bien el sitio y voy directo hacia la puerta de acero. Escucho a Peter pedir la cizalla por el radiotransmisor. Llegamos hasta el candado y nos miramos.

—¿Crees que encontraremos lo mismo que esta

mañana? —me pregunta Peter, que aún duda del resultado del operativo. Hasta el momento no hemos encontrado nada, pero estoy segura de que la respuesta está detrás de este candado.

—No sé qué decirte —contesto con sinceridad—. No me gustaría pasar por lo de hoy, pero necesitamos las evidencias.

Llega el agente con la herramienta y rompe el candado. Al abrirse la puerta, contengo el aire. El frío se siente de inmediato, pero no así el olor. Vuelvo a respirar y entramos, es un refrigerador enorme. Afortunadamente, no hay cadáveres. Veo algunas cajas plásticas apiladas, son menos de diez. También hay lo que parece ser un congelador grande de dos metros de largo por uno de alto. Las cajas en las estanterías parecen del tipo de las heladeras portátiles. No pierdo más tiempo y me acerco a los anaqueles. Abro una caja. Está vacía. Voy por la segunda, tampoco encuentro nada. Esto no se ve nada bien. Peter me mira preocupado, no es buen momento para cometer un error de estas características y allí está. Abro la tercera caja y me topo con lo mismo.

—Maldición. —Arrojo la caja al suelo en un arranque de frustración. Veo que de la caja chorrea agua. Reviso las cajas que había abierto antes y observo que también están mojadas. Empiezo a abrir todas como desesperada, y Peter me mira sin comprender qué estoy haciendo. Debe pensar que me he vuelto loca. Entonces en una de ellas veo unas manchas rojas. Estoy segura de que debe ser sangre. Me doy vuelta y me pongo en cuclillas, estudio el suelo. Veo que justo a mi lado el suelo está mojado, como si algo húmedo hubiera estado apoyado aquí. Sigo escudriñando el suelo y descubro un rastro de humedad que va desde donde está mojado hasta la puerta.

—Se acaban de llevar todo.

—¿Qué dices? —pregunta Peter, que no comprende lo que estoy viendo.

—Recién vaciaron estos contenedores en algún tipo de bolsa por acá y la llevaron arrastrando hasta la puerta.

Peter también se acuclilla y alcanza a ver el reflejo del piso húmedo. Se endereza de inmediato y activa su radiotransmisor.

—Que nadie ni nada salga del edificio —ordena con rapidez—, revisen la basura o cualquier lugar donde puedan esconder algún material húmedo, probablemente órganos humanos.

—Hay un horno encendido —dice uno de los agentes por el intercomunicador.

—¡Apaguen ese horno! —grita Peter—. Rescaten lo que haya adentro.

—Creo que llegamos tarde, Peter, lo siento.

—No es tu culpa, Ainara. Tu dato era bueno, pero se nos adelantaron. —Vuelve a activar el radiotransmisor —. Traigan al gerente.

Me doy vuelta y observo el congelador. Es lo único que nos falta revisar, pero no tengo expectativas. Peter camina hasta allí y lo va a abrir, pero en eso escucho en el radio a uno de nuestros agentes.

—Apagamos el horno, pero lo que recuperamos es muy poco.

—Tal vez los forenses encuentren material genético —le digo a Peter tratando de buscar algo positivo—, eso alcanzaría para justificar el procedimiento. —Entonces me doy cuenta de algo—. Si limpiaron esto a las apuradas, imagino que vaciaron los contenedores, pero no alcanzaron a lavarlos. También puede haber rastros de tejido humano.

—No pueden hacer esto. —Suena la voz del gerente, que acaban de traer al lugar—. Están violando mis derechos, los demandaré a todos.

—Será más fácil si colabora —dice Peter con amabilidad, tratando de razonar con el gerente—. ¿De qué se trata todo esto?

—No sé qué es esto —responde desentendiéndose del tema.

—Es un congelador en su fábrica —dice Peter, que ya se cansó de mantener una actitud de conciliación con este hombre—. ¿Qué es lo que guardan aquí?

—No tengo por qué responderle —contesta el gerente y se cruza de brazos. Es evidente que no podemos esperar nada de él.

Peter se impacienta y, luego de mirarme como buscando respuestas, vuelve entonces a encarar el congelador. Sin mediar palabra, lo abre y se queda mirando el interior. Me acerco para ver dentro. Hay un cadáver.

—¿Y de esto qué sabe? —le pregunta Peter al gerente, que continúa inmutable sin hablar ni moverse—. Queda arrestado. El agente le leerá sus derechos —concluye Peter haciéndole una seña al agente para que se lo lleve.

—No parece que lo hayan abierto para sacarle órganos —digo al examinar el cuerpo un poco mejor—, tiene un tiro en la cabeza. Creo que lo mataron hace poco.

—Fue después de las siete de la mañana —dice Peter y lo miro sin comprender cómo lo dedujo. Él me devuelve la mirada—. Es el informante con el que estuve esta mañana.

---

*BARRIO CHINO, Nueva York*
*04:45 p. m.*

DOS HOMBRES orientales de mediana edad están sentados, con una mesa de por medio, en lo que parece un bar cerrado. Se encuentran a media luz. Uno de ellos, que tiene una muy visible cicatriz sobre el ojo derecho, está hablando por su celular.

El hombre corta la llamada que acaba de recibir y mira a quien tiene sentado enfrente.

—Era Simon, está confirmado, allanaron la fábrica.

—Bueno —dice el otro con un dejo de resignación; tiene la voz ronca—. Al menos la información era correcta. Si solo nos hubieran avisado unos minutos antes, podríamos haber terminado de limpiar.

—Es el segundo golpe en un mismo día y las dos veces nos avisaron sobre la hora —afirma el hombre que recibió la llamada de Simon Cheng desde la fábrica—. ¿Quién nos pasó el dato?

—Los yakuzas.

El hombre de la cicatriz se sorprende ante esta respuesta.

—¿Desde cuándo los japoneses nos ayudan? — pregunta confundido.

—Desde que quieren tener su propio territorio — explica el de la voz ronca—. Se les ha metido la loca idea de apoderarse de Little Italy y pretenden que los apoyemos.

—¿Los apoyaremos?

—No, claro que no, pero ellos piensan que sí e intentan congraciarse. Con los italianos estamos en paz, y eso es bueno para los negocios.

—Pero algo les tendremos que dar para mantener su confianza.

—Ya veremos cómo compensarlos. Por lo pronto, su colaboración nos sirvió para eliminar la evidencia del tráfico de órganos. Además, nos entregaron al soplón —dice el de voz ronca con una sonrisa—. Si bien no hubo tiempo para deshacernos del cuerpo, lo utilizaremos para dejar un mensaje. Los del FBI se deben estar llevando una sorpresa.

—¿Y qué hay con lo de ahora? —pregunta el de la cicatriz.

—¿A qué te refieres?

—¿Dijeron quién nos delató o cómo supieron de la fábrica?

—Sí —responde el de voz ronca, pensativo—. Con lo que le pasó al traidor de la mañana ya deben haber entendido que no se juega con nosotros, pero no podemos dejar que cualquiera nos delate, debe haber consecuencias.

—Dime quién fue y yo me haré cargo.

—Bien, pero que sea algo llamativo, el ejemplo tiene que ser claro e inmediato.

—¿Quién fue? —pregunta el de la cicatriz, poniéndose de pie—. Lo haré ya mismo.

—El dato provino del restaurante de la familia Wong. Tienen un vínculo con una agente del FBI —responde el de la voz ronca—. Supongo que quedaron resentidos por lo que le hicimos en el pasado al viejo Wong. —El hombre hace un silencio y luego agrega—. Procura que esta vez no quede nadie que pueda resentirse en el futuro.

# 5

# ME ALEJA DE LA LUZ

*BARRIO CHINO, Nueva York*
*Jueves, 15 de abril*
*05:30 p. m.*

—LO SIENTO, Ainara —me dice Freddy cuando las cosas se calman. El operativo está terminando. Al gerente de esta fábrica de cerámica ya se lo han llevado a la estación y lo dejaremos allí, que se ablande unas horas antes de interrogarlo. El equipo forense trabaja en la escena del crimen. Ha sido todo muy rápido, así que probablemente puedan encontrar alguna evidencia que delate al responsable del asesinato. Les pedí también que revisen con cuidado los contenedores vacíos; estoy segura de que algún rastro de tejido humano podrán encontrar. Debemos conectar está fábrica con el tráfico de órganos que descubrimos esta mañana. Le dimos dos fuertes golpes a la mafia china en un solo día. Me preocupa cuál será el próximo paso que dé el clan San Gen. En mi experiencia, estos criminales nunca dan marcha atrás, cuanto más se los acorrala, más fuerte es su respuesta. Por eso pienso que la justicia es demasiado blanda. Siempre les dan una salida sencilla. Nosotros nos jugamos la vida para atraparlos y los jueces lo toman como si fuera un trámite. Cualquier error que podamos cometer será excusa para anular la causa y que queden en libertad. Por eso, cuando Freddy me pide disculpas, le pongo un dedo en la boca, silenciándolo.

—Lo de esta mañana ya quedó en el pasado —le explico—. Has sido un héroe, nos salvaste la vida a mí y a Peter, que quedamos expuestos en una mala posición, y no se habla más de ello. No queremos que por tecnicismos se pierda el caso.

—Lo sé, gracias, Ainara. Pero no es a eso a lo que me refiero. —Lo miro sin comprender de qué me está hablando. Tal vez se refiera a que me estuvo entorpeciendo la investigación—. Tengo problemas personales. Mi familia, como te dije antes, es muy tradicionalista. Mi abuelo está enfermo en Japón, está muriendo. Y mis padres me dijeron ayer que debo ir a verlo para despedirme, pero ni siquiera lo conozco, y no quiero hacerlo. Por eso he estado muy distraído hoy. Sé que puede sonar una tontería, pero para mis padres es algo sumamente importante y me ponen mucha presión.

Escucho la explicación de Freddy y no sé muy bien qué responder. Mi familia ha estado siempre disgregada, no tengo tradiciones familiares, y recién ahora estoy comenzando a tener una relación con mi padre. Todo lo que Tanaka me dice es absolutamente ajeno a mi experiencia. Pero si bien no lo comprendo, al menos entiendo que no estoy en condiciones de juzgarlo, no tengo ni idea de lo que está pasando por su mente.

—Mira, Freddy. No soy buena en temas familiares, así que no sé por lo que estás pasando. Solo te puedo decir que cuando sientas que no estás en condiciones, me lo avises y lo resolveremos antes de que se originen problemas serios. Hoy solo... —Busco las palabras adecuadas—. No tuviste un buen día. Debes hablar siempre con tu compañero, eso les salvará la vida a los dos.

—¿Me estás llamando compañero? —me dice con una sonrisa, la primera que le veo en el día. Le doy un puñetazo en el brazo y él se lo toma con la otra mano mientras me mira sorprendido.

—Déjate de estupideces y ve a llenar el papeleo.

Por hoy fue suficiente de Tanaka. Por un instante pensé que estaba complicando las cosas adrede, pero es un buen muchacho y será un gran agente.

Veo a Peter, que viene hacia mí con el agente Park. Es el analista especializado en temas asiáticos.

—Creo que esto salió bastante bien —me dice Peter llevándose las manos a la cintura—. Hallamos un cadáver, de seguro lo podremos asociar con la mafia de los inmigrantes y el tráfico de órganos.

—Sí —confirma Park—, el clan San Gen tienen sus días contados. En el operativo de la mañana no encontramos, hasta el momento, evidencia que los incrimine, pero los dueños de esta fábrica están directamente ligados a esta familia de mafiosos. No podrán despegarse de este homicidio de forma tan fácil.

—Lo que no comprendo —le digo a Park— es por qué no sabíamos nada del tráfico de órganos o de la implicación del clan San Gen en el caso.

—Lo que sucede, agente Pons —me explica Park, tratando de excusarse de no habernos provisto esta información—, es que los asiáticos son muy cerrados y es muy difícil acceder a informantes. Por eso fue un gran acierto que su gente le pasara este dato.

—¿Pero ustedes no sabían nada? —le insisto porque evadió mi pregunta anterior.

—Sabíamos que San Gen estaba moviendo un dinero del que no conocíamos su procedencia. También estábamos al tanto de que esta fábrica era uno de sus centros de operaciones, pero sin pruebas no podíamos armar la causa para autorizar un allanamiento. De hecho, si no hubiera aparecido ese cuerpo, hubiéramos quedado muy mal parados.

La actitud de Park no me gusta demasiado. No solo no nos dio la información necesaria, sino que además insinuó que esto salió bien por suerte. Es el problema con los analistas, aparecen en el campo solo cuando la acción ha terminado. Si su vida dependiera de la información que brindan, tal vez se esmerarían un poco más.

—Nos estamos acercando. Felicitaciones, Ainara —interviene Peter al ver que la situación está algo tensa—. Me alegro de que tu instinto siga funcionando.

Le sonrío y me vuelvo a fijar en Park, que baja la mirada para ver su celular y se retira cuando recibe una llamada. Observo que en la mano con la que lo sostiene le falta el dedo meñique; no me había percatado antes de eso. En ese preciso instante me suena el teléfono también. Miro la pantalla y veo que tengo un mensaje de un número desconocido. Desbloqueo el celular y leo:

«Felicitaciones por el hallazgo, agente Pons, pero el meterse en los asuntos del clan San Gen merece una represalia. Ojalá sus amigos, los Wong, comprendan esto».

Levanto la mirada y veo a Peter, quien me observa intrigado al notar mi gesto de desconcierto. Yo no atino a reaccionar. Pienso un instante y busco el número de teléfono de Kim. La llamo, pero no contesta. Busco a mi alrededor.

—¿Qué sucede, Ainara?

—Necesito un coche urgente.

—Ven conmigo. ¿Qué pasa?

Caminamos unos pasos, y en cuanto veo el coche de Peter, comienzo a correr hacia él. Peter viene tras de mí. Entro al vehículo por el lado del conductor. Peter sube y me alcanza las llaves, que llevaba en un bolsillo.

—¿A dónde vamos? —me pregunta y yo le paso mi teléfono. Arranco pensando en la forma más rápida de llegar al restaurante; estamos a pocas cuadras. Luego de leer el mensaje anónimo, comprende la situación—. ¿Dónde se encuentran tus amigos?

—Estaban en su restaurante, fíjate en mis contactos, ahí está la dirección.

Mientras, me meto a contramano por una calle lateral para alcanzar la principal. Peter activa su intercomunicador y se contacta con Philip. Le explica lo que sucede y pide que manden una patrulla al restaurante.

Ingreso a Water Street y acelero. Son escasas calles, pero se me hacen interminables. En Pearl Street, cruzo el puente por debajo y ya estoy cerca. El tráfico es complicado, pero avanzo haciendo zigzag. Peter permanece en silencio a mi lado para no distraerme. Doblo en la esquina y alcanzo a ver que mi Tundra sigue estacionada frente al restaurante. Aparco en doble fila y salgo del coche. Subo a la acera y camino rápido hasta la entrada del restaurante. Cuando estoy por poner la mano en la puerta, un estruendo me ensordece a la vez que una luz brillante y amarilla me daña los ojos. Mis pies se despegan del suelo y astillas se clavan en mi rostro. Vuelo empujada hacia atrás y caigo al suelo, atontada; siento un gran dolor en la cabeza. Pronto todo es confusión, solo veo un resplandor amarillento. Alguien me arrastra, me aleja de la luz. De a poco mis sentidos comienzan a activarse y escucho gritos, bocinas, el crepitar del fuego, y siento el calor. Mi visión se aclara y observo las llamas dentro del restaurante, columnas de humo negro comienzan a salir.

—Kim…

¿Por qué se oscurece todo?

# 6

# ¿ESTÁS SEGURA DE LO QUE VAS A HACER?

*Saint Mary's Hospital, Nueva York*
*Jueves, 15 de abril*
*07:30 p. m.*

Siento una caricia suave en el dorso de mi mano izquierda. Abro los ojos y veo nublado. Giro la cabeza para buscar mi mano y la visión comienza a acomodarse. Alguien sostiene esa mano acariciándome con el pulgar. Empiezo a levantar la vista para ver de quién se trata y escucho su voz.

—No te muevas, Ainara. —Es mi padre, está sentado junto a mí. Yo estoy recostada en una cama, parece ser un hospital—. Está todo bien, hija, no te preocupes, no te ha pasado nada, tuviste una contusión y estás internada hace una hora. Las radiografías no muestran ninguna fractura; estábamos esperando que despiertes para hacerte una tomografía. Pero los médicos dicen que no creen que haya nada de qué preocuparse.

Las palabras de mi padre frenan la intranquilidad que empezaba a manifestarse en mí. Siento algo en el rostro y levanto la mano derecha para tantearlo.

—No, hija —dice mi padre, que se apura a ponerse de pie y detener mi mano—. No te toques el rostro. Al estallar la vidriera del restaurante, recibiste fragmentos de vidrios en la cara. Nada grave. Tuviste suerte de que ninguna diera en tus ojos, solo tienes algunos apósitos, pero no te toques.

Es extraño tener a mi padre acompañándome en esta situación. Lo miro con un sentimiento contradictorio. ¿Cuántas veces lo necesité y no estuvo? Nos abandonó después de la muerte de Rachel y ni se apareció cuando asesinaron a mi madre. De niña: mis caídas en el colegio, el accidente con la bicicleta, cuando tuve aquella operación. Nunca recibí su consuelo ni su apoyo, siempre pensé que no le importaba y llegué a odiarlo por eso. Pero ahora está aquí, después de tanto… Elijo sonreírle. Debo mirar hacia adelante.

—¡Kim! —exclamo en voz alta casi en un grito.

—¿La vecina? —pregunta mi padre demostrando sorpresa. Está claro que no conoce los detalles de lo sucedido. Escucho abrirse la puerta y miro en esa dirección.

—Ya estás gritando —dice Peter al ingresar—, eso significa que ya estás bien.

—Amiga, te ves fatal. —Es Amy, que entra detrás de Peter—. Pero nada que un buen maquillaje no arregle.

Me río y siento la tirantez en mi rostro. El dolor comienza a asomar y creo que mi gesto lo refleja.

—¿Quieres que llame a la enfermera? —pregunta mi padre—. Te han inyectado calmantes, pero puedes estar adolorida.

—Yo me encargo —dice Amy y sale de la habitación.

—No, estoy bien —contesto y trato de enderezarme. Peter y papá se apuran a ayudarme. Recién entonces percibo el dolor en la cabeza, debo haberme dado un golpe muy fuerte. Amy vuelve a entrar.

—Le avisé a la enfermera, ya viene.

Es lindo ver tanta gente cuidándome, es bueno saber que no estoy sola. Creo que nunca lo he estado, ha sido mi mente la que se ha alejado y apartado a las personas que me querían.

—¿Cómo está Kim? —le pregunto a Peter al recordar de repente por qué estoy aquí. La explosión en el restaurante de los Wong, mi amiga.

—Kim y su hermano están en cuidados intensivos —contesta Peter—. Afortunadamente, la explosión fue en el salón y ellos se encontraban en la cocina. Pudieron ser sacados por la puerta trasera sin casi quemaduras, pero el estallido los golpeó fuerte e inhalaron mucho humo. Lo que me han dicho los médicos es que Kim tiene unas costillas rotas y una pierna fracturada. A Liu lo están operando, un escombro le perforó un pulmón.

—Maldición —digo murmurando y bajo la mirada. Esto es culpa mía, no debí inmiscuirlos en este asunto. A veces actúo como si todos estuvieran para hacer lo que yo quiero, sin importarme las consecuencias que puedan tener. Esos chinos me la pagarán. Peter parece interpretar mis sentimientos porque trata de consolarme.

—No fue tu responsabilidad, Ainara. Por lo que me

contó Freddy, fue idea de ellos llevarte a la fábrica de cerámica. Tú solo les preguntaste sobre el símbolo de los mafiosos, el resto fue su propia iniciativa.

—No debí preguntarles nada —respondo negando con la cabeza—. Debí esperar la información de los analistas para saber con quién estábamos tratando, no involucrar a mis amigos en un impulso insensato.

—Tus amigos nos involucramos solos, Ainara —dice Amy, acercándose, y tomándome la mano, luego mira a Peter—. Dime si puedo ayudarlos en algo. Quisiera publicar una nota sobre la mafia china y cómo tienen sometido al barrio Chino.

—Haz la nota si quieres —responde Peter—. Hablaré con Philip para ver cuánta información podemos pasarte.

Me enderezo aún más y me siento en la cama. Todos se mueven como queriendo atajarme. Entra corriendo la enfermera y me toma de los hombros.

—Nada de eso, señorita Pons —me dice empujándome hacia atrás y yo, aunque no me agrade, no opongo resistencia—. Debe quedarse acostada hasta que la revise el médico, faltan hacerle un par de estudios para verificar que no haya ningún daño interno, y cuando el médico lo apruebe, podrá levantarse.

—Me siento bien —le contesto—, esto no es necesario.

—Lo que es necesario o no lo determinará el médico —replica la enfermera con autoridad.

—Es que debo ir al baño —digo como último recurso.

La enfermera me mira como escudriñando si le estoy

diciendo la verdad. Mete la mano debajo de la cama, sin dejar de mirarme, y extrae una palangana plástica con forma anatómica.

—Todos afuera —dice sosteniendo la palangana en alto con una sonrisa disimulada.

---

*10:00 p. m.*

UN GRUPO de personas de origen chino están en la sala de espera del hospital. Kim y Liu han salido de sus respectivas operaciones, pero ambos se encuentran en cuidados intensivos. Las fracturas de Kim fueron acomodadas, pero al parecer tuvo un golpe muy fuerte en el abdomen que le pudo haber dañado el estómago. Detuvieron la hemorragia interna y esperan que se recupere, pero debe mantenerse en estricta observación. El caso de Liu es mucho más grave; me dijeron que su pronóstico es reservado. Intenté que me permitieran verlos, pero no hubo caso. Paso entre aquella gente, quienes ni siquiera se percatan de mi presencia. No sé si son parientes o amigos de los Wong, pero me alivia que ellos tampoco sepan nada de mí. Odiaría tener que dar explicaciones. Por más que Peter diga que no es mi responsabilidad, me sigo sintiendo sumamente culpable y una sensación de angustia que hace tiempo no sentía comienza a hacerse presente. Papá camina a mi lado sin decir nada. No sé cuánto entiende de lo que me pasa, pero me acompaña de la mejor forma en la que lo podría hacer, en silencio.

Llegamos a la puerta y salimos hacia el aparcamiento. La cabeza me duele cada vez más. Los calmantes han dejado de hacer efecto y el dolor se torna cada vez más incómodo. Luego de la tomografía y de que verificaran que todo estaba en orden, tuve que discutir largo rato con los médicos para que me dejaran ir. Pretendían que permaneciera cuarenta y ocho horas en observación. No tengo tiempo para eso. Subimos al coche de mi padre y vamos para casa.

Mientras él conduce, yo lo observo. Hay tanto que no sabemos el uno del otro, y sin embargo, pareciera entenderme. Esos chinos deberán pagar lo que le hicieron a los Wong, y me encargaré de que así sea. Mañana iré temprano a la oficina, como todos los días, y hallaré la forma de hacer justicia, de eso no tengo dudas. Solo espero que valga la pena, que Kim y Liu estén ahí para verlo.

—Detente un minuto, por favor. —Mi padre me mira de reojo y estaciona el coche con cuidado. Salgo del vehículo y él hace lo mismo. Cuando cierro la puerta, veo que me observa desde el otro lado del coche con una mirada compasiva.

—¿Estás segura de lo que vas a hacer? —me pregunta con la clara intención de hacerme reflexionar. Sabe perfectamente a dónde me dirijo y sé que no hará nada para impedirlo.

—No —le respondo y camino hacia la licorería.

7

## ALGUIEN ES UN SOPLÓN

*Oficinas del FBI, Nueva York*
*Viernes, 16 de abril*
*9:30 a. m.*

—¿QUÉ haces aquí, Ainara? —La pregunta de Philip es más por obligación. Supongo que intentará convencerme de que vuelva a casa, sabiendo que no lo conseguirá—. Deberías estar descansando, vuelve a tu casa.

Quisiera decirle que estar en casa es más peligroso que estar aquí, pero me contengo. Cuando esta mañana mi padre salió de su habitación, me encontró sentada en la cocina mirando la botella de *whisky*. Seguía cerrada. Él caminó directo hasta ella, la agarró, fue a la alacena, abrió la puerta, la puso en el estante más alto, lo más al fondo que pudo, y me dijo: «Tú eres más fuerte que yo, hija». Recién entonces advertí que no solo debía pensar en mí, que él también estaba haciendo un gran esfuerzo y que no debía presionarlo.

—Vamos, Philip —le contesto luego de pensarlo un instante—. Me conoces mejor que eso. Saltémonos este debate, me duele la cabeza. ¿Puede ser?

Philip mira a Peter y se encoge de hombros.

—Tanaka —dice Philip mirando a Freddy, que permanecía en un rincón de la oficina—, trae a Park para que nos diga todo lo que sabe.

—Sí, jefe —dice Freddy y sale a buscar al analista.

—Muy bien —contesta Philip mientras se acomoda en su escritorio—. Le hemos pisado la cola a la serpiente y debemos decapitarla antes de que se escape o nos vuelva a morder.

—Debemos comprender que —añade Peter—, después de lo del restaurante, nadie cooperará con nosotros. Estos delincuentes saben trabajar con el miedo y lo hacen sin ningún escrúpulo.

—Debería haber alguna forma de convencer a la gente del barrio Chino para que nos ayude —dice Philip—. Tal vez alguna recompensa.

—¿Qué tal el honor? —pregunta Peter, y nosotros nos quedamos mirándolo porque no entendemos a qué se refiere—. Podemos levantar a los Wong como un símbolo de honor y valentía, que sean un ejemplo que merezca ser imitado.

—¿Y cómo hacemos eso? —pregunta Philip al no comprender hacia dónde quiere llegar con ese razonamiento. Yo tampoco comprendo.

—Tal vez una nota en el periódico ayudaría —responde Peter y me mira a mí.

—¿De qué hablas, Peter? —pregunto.

—Hablo de Amy —responde él—. Hablo de tu amiga, la periodista. Ella me dijo ayer que quería ayudar y que escribiría una nota al respecto. Le daremos la exclusiva, solo deberá resaltar el honor y la integridad de los Wong.

—Buenos días —dice el agente Park, que ingresa a la oficina de Philip junto con Tanaka.

—Buenos días, Park —saluda Philip—, ya dinos todo lo que tienes de San Gen.

—Sí, jefe —responde el analista en temas asiáticos mientras se acomoda los lentes—. Como la mayoría de las mafias, son una organización familiar. A la muerte del líder Han Guo, hace dos años, su hijo Keith se ha convertido en el jefe criminal, secundado por su hermano menor, Jerry. Desde entonces, esta familia se ha vuelto más agresiva y peligrosa. Sus métodos extremos no son compartidos por las otras dos familias que están activas en el barrio Chino. Estas son más chapadas a la antigua y no les gusta la forma en la que los jóvenes Guo manejan las cosas. Sin embargo, no hay nada que puedan hacer y tampoco quieren iniciar una guerra, por lo que están quedándose rezagadas en cuanto al control del barrio.

—¿Qué sabes de sus negocios? —pregunta Peter.

—Básicamente, el tema de la extorsión a los comerciantes de la zona es algo del pasado, su negocio más importante en la actualidad es la droga. Son los que todavía traen opio y sus derivados al país. Lo venden a otras organizaciones mafiosas, que se encargan de la distribución, pero no sabemos cómo lo ingresan. Lo que sí sabemos es que esta mercancía la traen de China y que, como negocio secundario, utilizan este movimiento entre países para traer inmigrantes indocumentados de dos formas distintas. Por un lado, los chinos con dinero pagan para venir a este país, y ellos no solo los traen, sino que les suministran los papeles falsos para que se puedan establecer. Por otro lado, quienes no pueden pagar lo que piden, también son traídos, pero su destino es distinto: se convierten en esclavos para diferentes usos. Gracias al operativo de ayer, ahora sabemos también que entre esos usos está el tráfico de órganos. De este negocio no tenemos ningún dato, tal vez sea algo nuevo, pero justificaría el llamativo aumento en sus ingresos de los últimos meses. El sector de crímenes fiscales está armando un caso en contra de la organización criminal San Gen por evasión de impuestos y lavado de dinero. Se sabía que utilizaban la fábrica con ese fin. Están revisando los libros de esa empresa, y sus ganancias son mucho mayores que la capacidad que tienen de producir cerámica. Por lo cual serán atrapados por ese lado. Aunque los hermanos Guo no aparecen como dueños de la fábrica, sino como proveedores, de alguna manera llegaremos a ellos.

—O sea —interrumpo, bastante molesta por lo que estoy escuchando—, que estos asesinos, que cometen todo tipo de crímenes atroces, ¿solo serán acusados, con suerte, por evasión de impuestos?

—Me temo que sí —me responde Park sin que se le mueva un pelo—. Los inmigrantes con papeles están agradecidos con ellos; los esclavizados no tienen oportunidad de hablar; los que compran sus drogas tampoco lo harían; y las víctimas de extorsión, luego de lo del restaurante, no se atreverán a decir nada.

—Esto es absurdo —digo con frustración, no puedo creer que luego de lo de ayer no tengamos nada—. Encontramos un cadáver en el sótano de su fábrica.

—La fábrica —explica Park como si disfrutara de la habilidad que tienen los Guo para evadir a la justicia— no solo no pertenece a los Guo, sino que el edificio tampoco es de los dueños de la fábrica, que alquilan casi toda la estructura, menos el sótano. Esa parte del edificio es alquilada a otro particular desde hace quince años, que paga puntualmente la renta todos los meses por depósito bancario; tenemos todos los comprobantes.

—¿Y entonces? —pregunto ya cansada de tanto palabrerío.

—Este particular es una empresa de origen alemán instalada en Pensilvania que, según los informes que me acaban de llegar hace unos minutos, ni siquiera existe. Por lo que, el cadáver que hallaron allí o lo que puedan encontrar los forenses en los contenedores, no hay forma de ligarlo a la familia Guo.

—¿Qué hacemos, Philip? —pregunta Peter—. No podemos dejarlos escapar así nada más. Aunque fueran acusados de evasión de impuestos, con buenos abogados quedarían libres enseguida. Tiene que haber una forma de atraparlos.

Philip se queda pensando unos segundos y luego nos mira a todos antes de hablar.

—Tal vez la haya —dice pensativo—. Sé de un operativo de la DEA que ha requerido nuestra asistencia hace unos meses. Por su nivel de secreto, se ha tratado muy discretamente, pero han logrado infiltrar a uno de sus hombres en la mafia japonesa.

Me sorprende esa información, pero no soy la única. Park muestra por primera vez un poco de desconcierto, parece que con todos sus análisis, esto se le pasó.

—Y la mafia japonesa es la principal distribuidora de opiáceos de Nueva York —dice Peter, que empieza a unir los cabos—. Si ellos le compran a San Gen, tal vez podamos atraparlos en medio de alguna transacción a través del infiltrado.

—Es posible —responde Philip—. Hablaré con mis superiores y pediré una reunión con alguien de la DEA para ver qué posibilidad hay de llevar esto adelante.

La idea del jefe tal vez funcione. Pero tengo una sensación de impotencia que me saca de mis casillas. Lo vuelvo a encarar a Park.

—Si sabías todo esto —le digo acercándome a él—, ¿por qué no nos avisaste antes?, ¿por qué no nos contaste de la fábrica o de todas estas maniobras?

—Porque no me lo preguntaron —me contesta con una frialdad que me dan ganas de abofetearlo; ya se le pasó la sorpresa—. Soy un analista, estudio toda la información que entra al FBI sobre los asiáticos de Nueva York, busco patrones, posibles conexiones y delitos. Cuando aparece la posibilidad de un delito flagrante o evidencia concreta de algún crimen, la informo, pero no me ocupo de armar casos ni de investigar detalles específicos, a no ser que me lo indiquen. Si alguien me hubiera preguntado por una base de operaciones de San Gen, les hubiera dicho que la fábrica de cerámica era el lugar indicado, pero nadie lo hizo.

—HOLA, Ainara, ¿cómo estás?

Mientras el taxi atraviesa Manhattan, la respuesta de Amy es inmediata. El teléfono sonó solo una vez y ella me atendió al instante.

—Hola, Amy, gracias por ir a verme ayer al hospital, lo aprecio mucho.

—No fue nada, amiga. ¿Cómo está tu rostro?

—Mucho mejor, ya bajó la inflamación, fueron cortes muy superficiales. El médico me dijo que si no los toco, no quedará ninguna cicatriz.

—Me alegro. ¿Quieres que nos veamos para almorzar?

—Me encantaría —le respondo, aunque pienso en si estoy de ánimos para hacerlo: creo que no. Recién salí de la reunión en la oficina de Philip y tengo papeleo por hacer, así que deberé volver a la central para realizarlo —. Pero en realidad no puedo. Tengo muchas cosas pendientes en la oficina y no estoy tan rápida como siempre.

—Entiendo, amiga. ¿Crees que me den un poco de información del caso para hacer mi artículo?

—Precisamente, por eso te llamo. Philip me autorizó a pasarte unos documentos con informes parciales sobre los dos allanamientos. Comprenderás que no te podemos dar todo, pero lo que te daré es información que nadie más tiene.

—¡Excelente! —contesta Amy entusiasmada—. ¿Puedo mencionarte?

—No pueden aparecer los nombres de ninguno de los agentes involucrados —le respondo mientras pienso en cómo pedirle lo que me indicaron—. Lo único que quisiera pedirte es que resaltes el valor que tuvieron los Wong y lo bien que le hace a la comunidad que haya ciudadanos así.

—Perfecto, pero… —Hace un silencio antes de continuar—. ¿A qué se debe esto?

—El ataque al restaurante fue un mensaje a la gente del barrio Chino. Es una forma de amedrentarlos para que no hablen. Queremos convertir ese miedo en coraje, para que el público no se calle y nos siga dando información.

—Ahora sí —dice satisfecha, pero no sé en qué está pensando—. Desde ahora soy una colaboradora oficial del FBI; espero que me den muchas primicias.

Escucho su risa al otro lado de la línea y no deja de sorprenderme la naturalidad con la que toma las cosas. A veces pareciera que todo es un juego para ella. Sin embargo, no estoy segura de hacer lo correcto. Luego de lo sucedido con los Wong, no sé si deba seguir involucrando a mis amigos en mis temas de trabajo.

—Gracias, Amy —me despido cuando el taxi llega a destino. El coche se detiene, pago y bajo, respirando profundo. Estoy frente al restaurante. Parece una zona de guerra. Atravieso el cerco de seguridad y le muestro la placa al oficial que me viene a interceptar. Solo hay dos policías custodiando el sitio. El equipo forense terminó ayer con su trabajo, pero el lugar permanecerá cerrado hasta que las autoridades lo decidan. Mi Tundra sigue aparcada donde la dejé. Me acerco a ella y le pasó la mano por encima, está llena de cenizas, pero no tiene ni un rasguño. Es más fuerte que yo. A pesar de que los médicos me dijeron que no podía conducir, hoy me la llevaré de aquí.

Me doy vuelta y camino por la acera esquivando los escombros, me acerco a donde estaba la puerta. Ahora hay solo un agujero negro lleno de hollín. El olor a quemado es muy fuerte y se me hace un nudo en el estómago. No entiendo cómo pudieron saberlo. Cómo se enteraron tan rápido de que los Wong me habían ayudado. Lo único que se me ocurre es que alguno de sus empleados haya pasado el dato. No había otra forma de que pudieran realizar este atentado mientras aún estábamos en el operativo. Además, habían limpiado el sótano justo antes de que llegáramos, eso no fue casual. San Gen debe tener más gente en su nómina de lo que imaginábamos. Pediré que investiguen a los que trabajan para los Wong, alguno es un soplón.

# 8

# UNAS COPAS DE MALBEC

*Oficinas del FBI, Nueva York*
*Lunes, 19 de abril*
*9:30 a. m.*

El fin de semana lo pasé durmiendo. Unas píldoras conseguidas con una dudosa receta me ayudaron a hacerlo; las tomé en exceso. La tentación de la botella en la cocina había sido más fuerte de lo que imaginaba. Cuando el impulso por tomar crecía, me tragaba una píldora y a dormir. Philip me prohibió venir al FBI o realizar cualquier acción relacionada con el trabajo. Pensé que por una vez no estaría mal hacer caso, así que seguí las órdenes y evité tratar el tema de San Gen con nadie. Incluso cuando el sábado me llamó Peter para ver cómo estaba, los dos le escapamos al tema como si nunca hubiera pasado nada. Mi padre se encargó de darme de comer cuando despertaba. He descubierto que es una gran compañía, no me cuestiona ni me pone presión. Su silencio me sostiene cuando lo necesito y sus palabras llegan justo en el momento en el que se las voy a pedir. Tal vez la vida alejó nuestros caminos, pero quizás seamos más parecidos de lo que pensaba. El domingo, cuando quise ir a ver a los Wong, mi padre me dijo que espere un día más. No sé por qué lo hizo, ni tampoco por qué seguí su consejo, pero me quedé en casa, durmiendo. Fue un fin de semana de desconexión, de cura de sueño. Hoy, en cuanto pueda, iré a ver cómo siguen Kim y Liu, depende de lo que suceda en el trabajo.

Apenas llego a la oficina, me encuentro con Freddy en la salida del ascensor. Me avisa de que estaba a punto de llamarme, que debemos reunirnos con Philip en su oficina de manera urgente. Así empiezo la semana, sin saber con qué me encontraré.

Cuando entro, ya están Peter, Park y un hombre que no conozco junto con Philip. El hombre se levanta de la silla al verme, me sonríe y extiende la mano.

—Robert Lorens, es un gusto conocerla, agente Pons, he escuchado mucho de usted.

Le estrecho la mano y tardo unos segundos en responder.

—Sí, el gusto es mío —contesto sin saber con quién estoy hablando, así que lo miro a Philip en busca de alguna explicación. Él parece entender mi mirada.

—¡Ah!, lo siento, Ainara. El agente Lorens es de la DEA, vino por el tema que hablamos ayer.

—Sí, claro —dice Lorens y mira a uno por uno

mientras señala a Philip—. La proposición del jefe Nash nos llegó en el momento justo. Los japoneses son los mayores distribuidores de opiáceos de Nueva York, hace meses venimos recolectando evidencias y ya estamos listos para dar la estocada final. Nuestro infiltrado no puede sostener mucho tiempo más su fachada, así que debemos actuar rápido. Lo que necesitamos es atrapar a los japoneses con gran cantidad de droga en las manos, y si esto involucra a los chinos, aún mejor, caerán dos pájaros de un tiro. Atraparlos en una transacción directa entre las dos mafias sería un broche de oro para esta operación.

—¿Por qué no lo han hecho antes si ya tienen todo lo que necesitan? —pregunta Peter tratando de comprender la totalidad de la situación.

—Porque ambos grupos no tienen buena relación entre sí, es una rivalidad ancestral. Por lo que sus negocios se hacen a través de terceros y en pequeñas cantidades. Necesitamos algo grande y cara a cara.

—¿Y cómo haremos para que suceda esto? —insiste Peter—. Habría que forzarlos de alguna manera.

—Exacto —contesta el agente Lorens—. Los japoneses están tratando de tomar el territorio de los italianos y para eso necesitan el apoyo de los chinos. Los chinos, por su parte, desconfían de los japoneses, pero quieren saber si pueden sacar una tajada en toda esta movida. La idea es hacerle creer a los chinos que los japoneses están en problemas, que sus negocios no van bien y que por eso quieren el territorio de los italianos. Los chinos no perderán la oportunidad de aprovechar la debilidad de sus antiguos rivales y tomarán cualquier oportunidad para hundirlos definitivamente.

—Entiendo —afirma Peter, que camina alrededor de la oficina mientras evalúa la situación—. Pero todavía falta un anzuelo, algo que haga que los chinos se expongan.

—Ahí es donde entra nuestro infiltrado —explica Lorens—. Como ya les dije, su situación está comprometida y debemos sacarlo de inmediato, por lo cual podrá hacer una jugada arriesgada, será su último trabajo antes de tomarse unas merecidas vacaciones. Contactará a los chinos y les dirá que va a entregarles información sobre los japoneses a cambio de un gran lote de drogas. A los japoneses, por otro lado, les dirá que consiguió un cargamento especial de los chinos a muy bajo precio, como muestra de amistad y en apoyo a sus aspiraciones territoriales. Ninguno de los dos bandos podrá rechazar ofertas como estas.

—El problema es que a los japoneses les va muy bien con sus negocios —interviene por primera vez Park, como siempre, no aporta nada—. ¿Cómo convenceremos a los chinos de lo contrario?

—Haremos correr el rumor de que la policía les incautó mucha mercancía y que están endeudados.

—Tal vez nosotros podamos ayudar con eso —dice Philip, quien hasta el momento permanecía como un observador silencioso, evaluando lo que se decía—. Ainara.

Escuchar mi nombre me toma por sorpresa.

—Dime, jefe.

—¿Has leído el diario de ayer?

—No.

—Tu amiga Amy Adams publicó un hermoso artículo sobre los Wong, casi conmovedor, me atrevería a decir.

Lo escucho, pero todavía no veo hacia dónde va.

—Tu amiga podría escribir una nota que haga correr ese rumor.

—No puedo pedirle que mienta, jefe.

Esto ya no me gusta nada. No quiero que Amy se involucre en un engaño que podría arruinar su carrera.

—No tiene por qué mentir —se apura a aclarar Philip—. Podemos realizar un operativo sin demasiados resultados pero con mucho bombo. Arrestaremos a algún traficante de baja monta, pero lo haremos parecer como un gran golpe al crimen organizado.

—Puede funcionar —agrega Lorens analizando las posibilidades—. No será difícil encontrar a quién arrestar. Nuestro infiltrado nos mantiene al tanto de todos los movimientos de los japoneses. Sería un movimiento rápido y sorpresivo. La DEA no puede aparecer en esta etapa. ¿Creen que pueden realizarlo ustedes sin preparación y a un simple llamado?

—Se puede —dice Philip, mirándolo a Peter, que aprueba asintiendo con la cabeza. Luego se dirige a mí —. Explícale la situación a la periodista, puede venir incluso con nosotros y un camarógrafo para registrar el operativo como una exclusiva.

—Bien, jefe. Pero no engañaré a Amy. Le contaré lo que estamos haciendo y ella decidirá si lo quiere hacer o no.

—POR SUPUESTO QUE LO HARÉ —me responde Amy luego de escuchar todo el plan.

Apenas salí de la oficina, la llamé para aceptar el almuerzo que me había ofrecido la semana pasada. Nos encontramos en un restaurante de Little Italy que nos gusta a las dos. Mientras engullía unos *fettuccine Alfredo*, le expliqué lo que Philip y el agente Lorens habían ideado.

—Mira que puede ser peligroso —le informo mientras trago el último bocado. Agarro un pedazo de pan y lo paso por el plato para juntar los restos de salsa que quedan y me lo llevo a la boca. Amy observa mi forma de comer, pero no hace ningún comentario. De hecho, ella solía disfrutar de unas copas de malbec cuando comíamos aquí; hoy solo pidió agua con gas. Estuve a punto de pedir esas copas por ella, pero me contuve, vengo tan bien hasta ahora frenando mis impulsos, no vale la pena arruinarlo. Todos hacen su parte para ayudarme, saben del esfuerzo que estoy realizando, y si no lo hago por mí, al menos debo contenerme por respeto a ellos.

—No te preocupes —me dice mientras enrolla los fideos con su tenedor, todavía tiene medio plato lleno—. Sé que tú estarás ahí para cuidarme. Además, si es como dices, esto será más teatro que otra cosa, pero se verá bien en el periódico.

La veo comer y aún tengo hambre, siempre tengo hambre. Recuerdo la época, hace unos años, en que apenas comía. Me cuesta creer que hubiera podido vivir así. Le hago señas al camarero y se acerca de inmediato.

—Un *gelato di cioccolato*, por favor.

El camarero se va y Amy mira su plato como si estuviera pensando en otra cosa.

—¿Te pasa algo? —le pregunto y ella levanta la mirada.

—¿Fuiste a ver a los Wong?

—No —respondo sin dar explicaciones.

—Recibí una llamada ayer de uno de sus familiares —me cuenta—. Me agradecieron por la nota del periódico y me dijeron que Kim ya está fuera de peligro. Así que puedes ir a verla en el horario de visita.

Me alegra escuchar eso, pero no digo nada. Aún me siento culpable por lo que les pasó, y ahora entiendo por qué ayer seguí el consejo de mi padre y no fui a verla. Simplemente no quería hacerlo, lo iba a hacer por compromiso, nada más. Me siento muy mal por lo que les sucedió y quisiera verla recién cuando haya atrapado a los que les hicieron eso.

—Liu, por el contrario, sigue estando con pronóstico reservado, tuvo una recaída ayer. Deberías ir a ver a Kim.

—Sí, lo sé. Es solo que… —Dudo un instante antes de terminar la frase—. No me atrevo a verla, me siento culpable por lo que le sucedió.

—Escúchame bien —dice Amy poniéndose seria—.

Si me pasase a mí, te perdonaría el que me hubieras involucrado, porque no me obligaste a hacerlo y estoy segura de que harías todo para cuidarme. Lo que no te perdonaría sería que no me vayas a ver.

La miro con cara de pollito mojado, ahora me siento en falta doblemente. Creo que iré a verla.

# 9

## LO VAN A PAGAR

*SoHo, Nueva York*
   *Miércoles, 21 de abril*
   *11:20 a. m.*

LUEGO DE UN día de calma en el que no tuvimos ninguna novedad y nos dedicamos a llenar el papeleo, esta mañana llegó el aviso. Hoy se recibiría una cantidad de mercancía más grande que lo habitual en una tienda de tatuajes muy conocida de SoHo. Les han hecho tatuajes a estrellas de Hollywood y llegaron a tener un programa de televisión, un *reality* llamado *Operación Tattoo*. Es un lugar donde los japoneses suelen distribuir droga. Todos lo saben, pero nadie hace nada. Esto es algo normal en todas las ciudades. Lo importante es atrapar al proveedor principal y no a los pequeños puntos de venta, ya que si se cierra uno, al otro día se abre otro. Es mucho más fácil mantener controlado un comercio ilegal de lo que sea si se conoce dónde, quién y cómo se hace. De este modo los narcos se relajan y podemos ir hacia las cabezas del negocio. Si cerramos cada punto de venta conocido, de inmediato generan otro y nos llevará más tiempo descubrirlo.

Hoy, sin embargo, es especial, es parte del plan para hacer caer a los japoneses y a los chinos a la vez. Es por eso por lo que Amy y su fotógrafo están dos furgonetas detrás de la nuestra. Una vez que sea seguro para ellos, entrarán en acción y tendrán la exclusiva. Luego de esto, Amy podría llegar a recibir un aumento. Veremos lo que sucede.

—Es el momento, ¡vamos!

Escuchamos las palabras de Philip por el intercomunicador y bajamos del coche. Caminamos rápido y Peter abre la puerta del local con su placa en alto. Yo entro detrás de él y observo las distintas reacciones. Habría diez personas entre tatuadores y clientes. La mayoría de los que trabajan aquí son orientales. Veo que uno sale corriendo hacia la parte de atrás y Freddy reacciona rápido. Yo corro detrás de Tanaka para ayudarlo y sé que algún otro agente vendrá detrás de mí. Entro a un pasillo y lo veo a Freddy meterse por una puerta al fondo. Voy tras él y al cruzar el umbral me encuentro en un patio.

—¡Demonios!

Lo veo a Freddy trepar un alambrado y al sospechoso caer al otro lado. No podré seguirles el paso. Me vuelvo y aviso por el intercomunicador.

—El agente Tanaka persigue a sospechoso por callejón trasero, solicito refuerzos.

Otro agente se topa conmigo en la puerta.

—Síguelos —le ordeno y él corre hacia el alambrado

mientras yo entro al local nuevamente y me dirijo a la entrada esquivando a la gente. Salgo del local y veo a Amy, que está en la puerta esperando a que la autoricen a entrar. Corro delante de ella sin decirle nada y voy hacia la esquina. Al doblar veo al sospechoso, que viene directo hacia mí con Tanaka y dos agentes más persiguiéndolo.

—Ni se te ocurra —le digo al hombre, que se detiene en seco frente a mí cuando lo apunto con mi Smith & Wesson. Trata de cruzar la calle para evitarme, pero se encuentra con dos uniformados que vienen hacia él. Me vuelve a mirar y levanta las manos. No puede hacer otra cosa. Pronto llega Tanaka para agarrarlo de atrás, bajarle los brazos y ponerle las esposas mientras le dice sus derechos. Los dos policías lo custodian, apuntando sus armas, y yo guardo la mía. Ya está todo bajo control. Debo volver al local a ver cómo le fue a Peter. Cuando me doy vuelta, los encuentro a Amy y a su camarógrafo. Contengo una sonrisa y paso a su lado, mirándola de reojo.

Cuando ingreso a la tienda, observo que allí tampoco hay más acción. Todos están siendo inspeccionados y son interrogados. Hay clientes que nada saben de lo que está pasando y no es necesario asustarlos aún más. Veo a Peter junto a una mesa, me señala lo que hay encima de ella.

—Ya lo atrapamos —le digo mientras me acerco a su lado. Sobre la mesa hay dos bolsas de droga, deben tener un kilo cada una, y varios fajos de billetes.

—El hombre al que persiguieron arrojó esta mochila antes de huir. —Me la muestra—. Traía esos dos kilos,

los atrapamos justo cuando hacían la transacción. El dinero estaba en una bolsa de papel en aquel cesto, no tuvieron tiempo de nada.

—No es tanto —digo levantando los hombros—, pero alcanzará para que la mafia japonesa aparezca en los periódicos. Miro hacia la puerta y la encuentro a Amy, esperando, flanqueada por dos agentes. Hago una seña para que la dejen pasar. Todo salió como estaba previsto. Ahora le toca a ella.

---

*Saint Mary's Hospital, Nueva York*
*4:30 p. m.*

MIENTRAS ESPERO mi turno para ver a Kim, pienso en qué le puedo decir. En realidad, solo puedo pedirle perdón. De nada serviría que le explique lo que siento, ya que no se trata de mí, sino de lo que están pasando ella y su hermano. Porque incluso si se recuperan ambos, su negocio quedó destruido. ¿Cómo remontarán la situación? A veces pienso que todo lo que toco termina destruido. Cuando repaso mi vida, encuentro que todas mis relaciones han corrido peligro debido a mis acciones. De una u otra manera, los he puesto en riesgo. ¿De qué sirve ir luego a vengarme? Quitar una vida no devuelve la robada.

—Puede pasar, agente Pons.

La tía de Kim, una señora muy mayor, es quien organiza el ingreso de las visitas. Le agradezco con una sonrisa y entro a la habitación del hospital. Apenas cruzo el umbral, la veo a Kim recostada, quien me observa sonriente. Camino hasta su lecho y al llegar me quedo sin palabras, no sé qué decir.

—¿Estás bien, Ainara? ¿Qué te pasó en la cara?

Me llevo la mano a la cara sin comprender de qué me habla y al tocar mi piel siento dolor. Recuerdo entonces las heridas de mi rostro.

—No es nada, Kim —respondo avergonzada. En su estado y preocupándose por mí, se me hace aún más difícil. Le tomo la mano y ella aferra la mía—. Perdón, amiga —digo con la voz quebrada—. No debí involucrarte…

—No, Ainara —me interrumpe mientras me esfuerzo por contener la angustia—. No fue tu culpa, nosotros queríamos hacerlo hace mucho tiempo, tú nos diste la oportunidad de hacer justicia por lo que le hicieron a mi padre. Nunca te pedí ayuda con esto porque no quería comprometerte. Este era un riesgo que ya habíamos discutido con Liu y nos pusimos de acuerdo en tomarlo. No fuiste tú, Ainara. Fuimos nosotros.

Las palabras de Kim me producen una sensación contradictoria. Me siento aliviada y a la vez culpable. Me enoja sentirme aliviada por liberar mi culpa en lugar de estar mal por la situación de los Wong. No puedo ser tan miserable. Lo único que se me ocurre es que alguien debe pagar por esto.

—Lo van a pagar, Kim. Lo prometo.

—¿Me lo aseguras?

No tengo mucho que pensar antes de responderle.

—De una manera u otra, lo pagarán.

# 10

# VIDEO VIRAL

*Oficinas del FBI, Nueva York*
*Jueves, 22 de abril*
*11:00 a. m.*

—Parece que el artículo de Amy ha dado resultado — me dice Peter, parado junto a mi escritorio.

Yo estaba concentrada en mi café, anoche necesité tomar pastillas nuevamente porque la ansiedad me estaba matando. Creo que tomé más de lo debido porque me cuesta mantenerme despierta; estoy como atontada. Es el tercer café de la mañana. Miro a Peter, esperando una explicación, ni siquiera pude concentrarme para leer la nota en el periódico. Él advierte que ignoro sobre qué me habla.

—Philip me acaba de avisar de que los chinos cayeron en la trampa y aceptaron verse con el infiltrado.

—Demasiado rápido —digo con escepticismo. Dudo

que estos criminales lean el diario. No desmerezco el trabajo de Amy, seguramente es una excelente nota, pero no creo que sea capaz de influir tanto en la mafia. Algo más debe haber. Tal vez el infiltrado es muy convincente, ya nos enteraremos.

—Esta tarde vendrá tu pretendiente para ponernos al tanto de todos los detalles —aclara Peter, pero me deja más confundida que antes.

—¿De qué estás hablando?

—De tu pretendiente —insiste Peter, que suena como mi abuelita. No sé de dónde sacó la palabra pretendiente, ni a quién se refiere—. Hablo del agente Lorens.

—¿Qué?

—Vamos, no te hagas la distraída —añade Peter mientras se sienta al otro lado del escritorio—. El cachorro casi que movía la cola cuando los presentaron. Dos minutos antes estaba con cara de piedra, pero en cuanto entraste fue pura sonrisa. Es la primera vez que veo un agente de la DEA tan amigable.

—Déjate de tonterías, Peter —le digo antes de volver a llevarme el café a la boca—. No estoy con ganas de seguirte esta broma, así que olvídalo.

—Sí, claro. Yo lo puedo olvidar, pero hoy veremos qué hace él.

—Basta con eso, Peter. Háblame de la situación.

—Bueno, yo sí leí la nota de Amy y dejó bien en claro que la Policía está tras los japoneses y que sufrieron una gran pérdida de mercancía. En ningún momento aclara que solo eran dos kilos. El tema es que, como esa tienda es frecuentada por famosos, la nota tuvo gran repercusión.

—No fue la nota —dice Freddy, que aparece de pronto y se inclina delante de mí para manipular mi ordenador.

—¿Qué pasa, Freddy? —le pregunto sorprendida, no es común que se tome tanta confianza.

—Ahí está —dice y se aparta para dejarme ver el monitor. Está TikTok en la pantalla, ni siquiera sabía que esa aplicación se podía ver por ordenador. Voy a ver qué tontería me muestra, pero me quedo con la boca abierta. Me veo a mí misma. Paso corriendo por la calle. Luego la cámara me sigue y muestra cuando doblo en la esquina. Al final, aparezco deteniendo al traficante japonés. Todo acompañado por música de Guns N' Roses. La música baja de volumen cuando digo: «Ni se te ocurra». El volumen vuelve a subir y llega Freddy para esposarlo. El video vuelve a empezar.

—Demonios.

Esto no era necesario. Veo que es la cuenta de Amy. ¿Pero qué le puedo decir? Nos hizo un favor.

—Miren la cantidad de reproducciones —dice Freddy y veo que tiene un millón doscientas cincuenta mil vistas—. Eres viral, Ainara.

---

*Oficinas del FBI, Nueva York*
*2:00 p. m.*

—Te vi en TikTok, agente Pons —es lo primero que dice el agente Lorens al verme en la oficina de Philip. No puedo evitar fijarme en su sonrisa. Lo miro a Peter de reojo y observo que levanta una ceja.

—Lamento que haya pasado eso —le contesto, tratando de excusarme.

—No hay de qué lamentarse, al contrario, es excelente —afirma Lorens a la vez que les echa una mirada a los demás—. Estoy seguro de que los chinos se habrán divertido mucho al verlo. No tengo dudas de que este video los convenció de que los japoneses la están pasando mal.

No sé qué decir, así que cambio de tema.

—¿Cómo procederemos?

—Nuestro hombre programó el encuentro para esta noche —explica Lorens—. Lamentablemente, los del clan San Gen le darán la ubicación a último momento. Así que deberemos estar preparados para lo que sea.

—Supongo que saldremos de aquí cuando recibamos el llamado —interviene Peter y veo que Lorens lo mira con un gesto extraño.

—En realidad, ustedes no saldrán de ningún lado —contesta Lorens y yo lo miro a Philip, que permanece inmutable—. Este operativo estará a cargo de la DEA. Es un trabajo que llevamos realizando desde hace meses, y ustedes hace menos de una semana que se involucraron. Podrán monitorear todo desde aquí. Les daremos acceso a nuestro audio y video. También nos ayudarán con la logística. Será un operativo compartido, pero la acción estará a cargo nuestro.

—¿Philip? —dice Peter, buscando la atención del jefe Nash, que sigue sin mover un pelo. Por su actitud, parece estar al tanto de esto desde antes.

—Es verdad lo que dice el agente Lorens —sentencia al fin Philip—. El operativo es por drogas, les corresponde a ellos. Nosotros vamos por el tráfico de órganos, el tráfico de personas y los asesinatos. En cuanto caigan por las drogas, cantarán como pichones y atraparemos a todos los que estén relacionados con nuestros temas. Dejemos que la DEA se ensucie las manos en el campo y luego nosotros recogeremos los frutos.

Aunque no me guste la idea, Philip tiene razón. Si hubiéramos estado trabajando este caso durante meses, hubiéramos hecho exactamente lo mismo.

—Es mejor que caigan por drogas que por evasión de impuestos —le digo a Peter, que está muy molesto. Él me mira sin comprender mi actitud. La realidad es que yo misma me sorprendo. En otra época hubiera puesto el grito en el cielo. Hoy, sin embargo, me resigno con facilidad. No sé si son las pastillas de anoche o que algo dentro de mí se apagó. Estoy cansada. Esta vez, que el trabajo duro lo haga otro, me merezco un descanso.

# ENCONTRARÉ A ESOS MALDITOS

*CENTRO DE MANHATTAN*
*Jueves, 22 de abril*
*11:30 p. m.*

EL INFILTRADO DE LA DEA, un agente descendiente de japoneses llamado Sakamoto, estaciona su furgoneta en un callejón. Es el lugar que San Gen le indicó para realizar el intercambio. Hay una pared en ruinas de al menos cuatro metros de alto a un costado, y un edificio en construcción que abarca tanto el lateral izquierdo como el fondo del callejón. Aparcada allí se encuentra una furgoneta negra, y un hombre chino se halla de pie, apoyado contra ella. Sakamoto piensa que los chinos cometieron un error al elegir ese lugar: no tienen por dónde escapar. Será fácil para la DEA apresarlos.

—¿Ven lo que estoy viendo? —pregunta Sakamoto, que tiene un pequeño auricular que cubre con su cabello y lleva además un prendedor en su chaqueta de cuero negra, que en realidad es una microcámara.

—Sí —le responden por el auricular—. En cuanto aparezca el jefe y te muestren la droga, entramos en escena. No tienen forma de escapar.

Los agentes de la DEA llegan en sus vehículos, situándose a doscientos metros del punto de encuentro. Enviaron dos drones de altura para revisar la zona antes de acercarse más. La calle está vacía. No tienen forma de saber si hay gente del clan San Gen en los edificios aledaños, pero deben correr el riesgo. Dos agentes vestidos como indigentes bajan de una de las furgonetas y caminan, tambaleándose como si estuvieran borrachos, en dirección a la escena. Serán los primeros en ubicarse en posición. El resto entrará con los vehículos y en treinta segundos estarán allí. Sakamoto bloqueó con su furgoneta la salida del callejón, así que no tendrán forma de salir.

Sakamoto espera unos segundos para darles tiempo a sus compañeros a que tomen posición, recién entonces baja de la furgoneta. Avanza muy despacio hacia el hombre chino, que se endereza y mete la mano bajo el abrigo para agarrar su arma. Sakamoto levanta un poco las manos.

—Estamos bien —dice—. Vine solo.

El hombre, sin soltar el arma, utiliza su otra mano para hablar por el móvil. Dice algunas palabras en chino y vuelve a guardar el teléfono. Sakamoto se detiene entre las dos furgonetas. Dejó las luces del vehículo encendidas para dificultar la visión de los chinos, para el momento en que ingrese el resto de los agentes.

Se abren las puertas de la furgoneta negra y salen dos chinos más. Uno de ellos es Jerry Guo, el segundo al mando de la organización criminal San Gen. Lleva lentes negros, pero Sakamoto lo reconoce de inmediato. Cuando se contactó más temprano con ellos, había aclarado que la información que tenía era muy importante y que solo se la daría a alguno de los jefes.

—Aquí estoy —dice Guo abriendo sus brazos como demostrando confianza—. Espero que tengas algo que valga la pena. Es mucha droga la que pediste —concluye señalando la furgoneta.

—Claro que vale la pena —responde Sakamoto—, no arriesgaría mi vida si no fuera así. —Extrae del bolsillo de su pantalón un *pendrive*—. Los yakuzas están quebrados, por eso quieren tomar el control de Little Italy y tener su apoyo. Pero ayer incautaron mucho más de lo que dijeron las noticias y sé que los miembros capturados están cantando como pájaros. Aquí tengo la información sobre todas sus actividades, locaciones, nombres y todo lo que necesitan para que ustedes tomen el control de la operación japonesa. Es el momento de su mayor debilidad, ustedes deciden.

Jerry Guo da un paso adelante y extiende su mano para que le entregue el *pendrive*. Sakamoto se lo muestra, pero señala la furgoneta negra.

—Primero tengo que ver la mercadería —dice el agente encubierto mientras por el auricular le avisan de que los presuntos indigentes están en posición.

—Por supuesto —confirma Guo y luego dice palabras en chino. En ese momento le suena el móvil, es un mensaje de WhatsApp. Guo hace señas para que todos esperen un minuto y ve lo que aparece en la pantalla de su móvil; sonríe. A su señal, uno de los hombres se acerca a la furgoneta y abre la puerta. Aparece un chino con una ametralladora que salta del vehículo. Sakamoto descubre entonces que la furgoneta está vacía.

—¿Qué está pasando? ¿Dónde está la droga?

—No negociamos con traidores —dice Guo, sonriendo, mientras extrae un arma de la cintura y, sin mediar más explicaciones, le dispara a quemarropa.

Sakamoto siente el impacto en el pecho y por un instante se mantiene en pie. Enseguida sus rodillas ceden y cae de cara al suelo.

—Arrojen sus armas —dicen los dos agentes disfrazados de indigentes, que reaccionaron en cuanto escucharon las palabras de Guo, pero no llegaron a tiempo para impedir el fusilamiento.

Suena una ráfaga de ametralladora y uno de los dos cae. Cuando el otro intenta parapetarse contra un camión, recibe un disparo desde el edificio en construcción. Se escucha frenar a los vehículos de la DEA. Los agentes bajan corriendo, pero ahora múltiples estruendos se escuchan desde el edificio. Al menos diez francotiradores les disparan, manteniéndolos fuera del callejón. Jerry Guo da media vuelta. En el edificio en construcción se abre una puerta de madera y los tres chinos ingresan, desapareciendo de la vista de los agentes, que responden los disparos a ciegas. Pronto se ven caer dos objetos, uno sobre cada furgoneta. El agente que se había adentrado más en el callejón los reconoce y grita: «Granada». No lo hace a tiempo para poder retirarse y los explosivos estallan, haciendo volar las dos furgonetas. El fuego y el humo impiden el ingreso de los agentes. No hay nada más por hacer.

---

AMY ADAMS SALE del edificio del periódico. Se ha hecho tarde. Tenía que entregar un artículo para que salga en el diario de mañana. No hay nadie en la calle. Normalmente viaja en metro, pero a esta hora prefiere tomar un taxi. Advierte que viene uno e intenta detenerlo, pero el vehículo sigue derecho como si no la hubiera visto. Se percata de dos hombres que caminan en su dirección y algo le da mala espina. Decide caminar hacia una calle más iluminada y esperar allí. Por lo pronto, cambiará de acera para evitar a esos hombres. Apenas baja a la calle, los hombres aceleran el paso y bajan también. Amy ya no duda de que algo está pasando y comienza a correr en sentido contrario. Tiene intención de darse vuelta para ver si vienen tras ella, pero prefiere no perder tiempo y seguir corriendo. Quiere encontrar a alguien a quien decirle lo que sucede, y no hay nadie. Tampoco hay ningún local abierto donde refugiarse. No aguanta más y mira hacia atrás. Ya tiene a los dos hombres casi encima. Ve que viene una furgoneta de frente y le hace señas, pidiendo ayuda. La furgoneta se detiene, el conductor es oriental. Cuando le va a explicar lo que le pasa, la puerta lateral del vehículo se abre y salen dos hombres más. La sujetan y, mientras ella grita y patalea, la meten dentro del vehículo. Los otros dos que la seguían también suben a la parte trasera. Le pegan un puñetazo en el estómago y deja de gritar, luego cae al suelo, doblándose del dolor. Otro de los hombres se arrodilla junto a ella y la amordaza. Otro le ata las manos con un precinto. La sientan en el piso y ve que hay un quinto asiático sentado en la única butaca. Es Keith Guo.

—La prensa no debe mentir —dice mientras la enfoca con su móvil y le toma una foto.

---

AINARA, Peter y Philip escuchan y observan todo lo que sucede en el fallido operativo desde el centro de monitoreo, en las oficinas del FBI. Philip coge el teléfono y comienza a dar indicaciones. La policía debe cercar la zona y revisar el edificio en construcción, las ambulancias deben socorrer a los heridos, y ellos deben pensar sus próximos pasos. San Gen sabía de la trampa; alguien los delató.

Peter se pone de pie y comienza a caminar repartiendo maldiciones. Ainara, mientras tanto, no hace nada, se queda sentada mirando el monitor, que dice «sin señal». A pesar de que la pantalla está en negro, ella continúa viendo el rostro de Jerry Guo, viendo la frialdad con la que ejecutó a Sakamoto y hasta su disfrute al apretar el gatillo. Una sensación de impotencia y furia crecen en su interior, solo piensa en tener a Guo delante de ella. Es entonces cuando suena su teléfono. Le ha llegado un mensaje de WhatsApp con una foto. Observa en la imagen a Amy, amordazada. El texto dice: «Siempre les llevamos la delantera».

Ainara se pone de pie y le da un puñetazo al monitor. Peter la observa, sorprendido.

—¿Qué pasa, Ainara?

Ella le entrega su móvil.

—¡Malditos! —grita Ainara fuera de control.

Peter, luego de ver el mensaje, se acerca y la abraza.

—¿Cómo mierda lo supieron? —dice sin soltarla.

Ainara se aparta y lo mira a los ojos.

—Hay un chivato en esta oficina, Peter. Mi relación con Amy solo la pudieron conocer si estuvieron aquí con nosotros, es un círculo muy reducido.

—No es posible, Ainara. Lo deben haber sabido por otro lado.

Peter no cree en esa posibilidad. Ainara piensa unos segundos y luego susurra.

—Encontraré a esos malditos.

# 12

# SIEMPRE TENEMOS UNA OPORTUNIDAD

*Oficinas del FBI, Nueva York*
*Viernes, 23 de abril*
*9:00 a. m.*

Anoche fue un infierno. Volví a tomar pastillas para evitar la botella. En realidad, no sé qué sentido tiene cambiar una cosa por otra; estoy un poco harta de esta situación. No me siento mejor que cuando tomaba, como siempre, los problemas me siguen agobiando, y además estoy más gorda que nunca. Lo único que me da un momento de paz es cuando mi bestia se sube conmigo a la cama y, luego de lamerme la cara, me permite abrazarlo hasta dormirme. No sé si alguna vez pude hacer lo mismo con una pareja.

Ayer, luego del mensaje que recibí de San Gen, Phillip me prometió que rescataríamos a Amy cuanto antes. Me pidió que me fuera a dormir porque hoy sería un día agitado. Los analistas deberían darnos el lugar en el que podrían tenerla encerrada, solo habría que ir a buscarla.

Salgo del ascensor y me dirijo directo a la oficina de Philip.

—Hola, Ainara —me dice Freddy, que se me une en el recorrido—. Creo que ya sabemos dónde tienen a Amy.

—Excelente.

El día comienza bien, espero terminar con esto pronto.

Entramos a la oficina y encontramos a Phillip hablando por teléfono. Peter y Park se encuentran con él.

—Hola, Ainara —me dice Peter para recibirme—. ¿Has descansado?

—Hice lo que pude —respondo y voy directo a Park —. ¿Sabes dónde la tienen?

—Buen día, agente Pons. Creemos que se la llevaron de Manhattan y tenemos dos posibles lugares donde pueden llegar a tenerla.

—Bueno, no andes con rodeos, dime dónde.

Este hombre no me ha caído bien desde el principio y la cosa no mejora, más le vale darme la ubicación correcta. Apoya su portátil en el escritorio de Philip y me muestra la imagen de Google de un edificio. Memorizo la dirección.

—Es posible que la tengan en un edificio de oficinas de su propiedad en Brooklyn. Si no está allí, podría estar en la mansión familiar que tienen en Staten Island.

—¿En Staten Island?

Me sorprende que vivan allí, no es el típico lugar

donde tendría su casa un mafioso chino. Park busca esa nueva dirección y me muestra las imágenes en pantalla. Nuevamente tomo el dato del lugar.

—Hace cincuenta años, Han Guo compró esa casa como inversión. Pero, por algún motivo, a los pocos meses se mudó allí con su familia.

—Bueno, jefe —digo dirigiéndome a Philip, esperando que nos diga cómo procederemos—, me parece que debemos comenzar por Brooklyn.

—Sí, Ainara —contesta Phillip, que ya terminó su llamada telefónica—, yo pensé lo mismo. El problema es que no consigo una orden de allanamiento.

—¿Qué?

—No tenemos ninguna prueba de que los Guo tengan a la señorita Adams. No hubo testigos del secuestro ni nada que la una a ellos.

—Pero… —No sé muy bien qué decir, estoy desconcertada—. Tengo el mensaje y la foto que me mandaron.

—Ya rastreamos el mensaje, fue hecho de una línea descartable desde algún lugar de Manhattan, pero no sabemos más que eso.

—Tenemos la grabación de una cámara de seguridad —insisto buscando algo que nos permita el allanamiento.

—Solo se ve a un hombre de lentes oscuros, ni siquiera podríamos demostrar que es un asiático —me explica Peter tratando de calmarme, pero lo único que logra es enfurecerme más—. Además, aunque hubiera una duda razonable de que se tratara de Guo, tampoco hay forma de ligarlo a Amy. Ella nunca tuvo contacto con él o su hermano. La nota que hizo fue sobre los japoneses, en todo caso, serían ellos quienes querrían vengarse, no los chinos.

—Pero dos días antes escribió un artículo sobre los Wong, eso debería contar.

—No, Ainara —me dice Peter frustrado—, supongo que no leíste el artículo. Habla del coraje de los Wong al enfrentar a la mafia, pero no nombra a nadie. No tenemos nada.

—Phillip…

Recurro al jefe Nash, esperando que tenga un as bajo la manga.

—Lo siento, Ainara. —Sus palabras son como una bofetada—. Ya envié agentes a que hagan guardia frente a los dos lugares y pedí al fiscal autorización para intervenir sus teléfonos. Más que eso no podemos hacer.

—No. —Me niego a quedarme de brazos cruzados —. Yo misma iré a buscarla.

—Tanaka, Park —dice Philip—, retírense, por favor.

Los dos agentes salen de la habitación y Peter cierra la puerta detrás de ellos.

—No harás nada, Ainara —Phillip me habla casi como amenazándome—. Si sigues con esa actitud, tendré que retirarte del caso.

—No solo te quedas ahí sentado —le digo enfurecida —, sino que además me amenazas. Amy está en esto por tu culpa, tú fuiste quien sugirió que escribiera esa nota. No puedes abandonarla como si no tuvieras nada que ver.

—Cuidado, Ainara —me advierte Peter—, te encuentras en un límite muy peligroso.

—En peligro está Amy, no yo. Mientras estamos aquí

esperando que ellos cometan algún error, Amy ya puede estar en una bolsa. No sean cobardes, vamos a patear a esos hijos de puta de una vez.

—Es suficiente, Ainara —dice Philip poniéndose de pie—. Estás fuera del caso, tu amistad con Amy te inhabilita, no estás pensando con claridad.

—¡Inhabilita una mierda! —Pateo la silla que tengo más cerca—. No me puedes sacar del caso.

—Sí que puedo —responde Phillip y se vuelve a sentar—, y ya lo he hecho. Ve a tu casa y descansa, cuando vuelvas a ser tú misma, seguiremos hablando. Si continuamos con esto nos arrepentiremos todos. No quiero que hagas una locura, no podremos volver a cubrirte.

Sabía que tarde o temprano me echaría eso en cara. Me enderezo y hago silencio, no tengo nada más que hacer aquí. Les doy una última mirada antes de salir.

—Recuerda que me lo prometiste, Ainara.

Peter apela a mis propias palabras para detenerme, pero esto es distinto. No busco justicia ni venganza, solo quiero salvar la vida de alguien inocente, y no habrá nadie que me detenga.

Avanzo con firmeza a través de la oficina, mis compañeros me miran de reojo, deben haber escuchado mis gritos. Llego al pasillo, llamo al ascensor y trato de mantener la compostura. Puede que el FBI tenga las manos atadas, pero yo no. Llega el ascensor, se abren las puertas e ingreso en él. Mientras las puertas se vuelven a cerrar, saco mi teléfono y hago una llamada. Necesitaré ayuda.

Es una casa gris de techos negros, con cochera y porche, nada que la diferencie de las demás, al menos a simple vista. Sin embargo, al observar con más detenimiento, se pueden ver unos postes en cada esquina del terreno con sensor de movimiento. Sobre la puerta y el techo hay varias cámaras de seguridad. Las ventanas tienen rejas y la puerta está reforzada. Dentro de la casa, también la apariencia es normal si es que no se observa con cuidado. En la mesa grande, al igual que en la pequeña contra la pared, hay ocultas debajo pistolas cargadas y listas para dispararse. Bajo el tapizado del sillón que se encuentra en el medio de la sala hay un chapón de metal reforzado resistente a las balas, que puede ser utilizado para cubrirse en caso de ataque. Una de las paredes de la sala está llena de fotos. El mismo hombre aparece en todas. En algunas está como Navy Seal, en otras como boina verde, como Delta Force o en medio de las distintas guerras en las que participó. En una de estas fotos, es condecorado por el mismísimo presidente de los Estados Unidos. Sin embargo, hay otra persona en esa foto que la hace única. Al lado del presidente aparece Ainara Pons.

Suena el móvil, que está apoyado sobre la pequeña mesa de la sala. A la segunda llamada aparece el dueño de casa, Dexter O'Sullivan. Mira quién es y frunce el ceño. Atiende.

—Hola, Ainara —saluda Dexter—. Me gustaría que este llamado se deba a que me extrañas, pero imagino que no es así.

—Hola, Dexter —contesta Ainara esbozando su primera sonrisa de la mañana—. Siempre te extraño cuando tengo problemas.

—¿Qué sucede? —pregunta Dexter, que camina hasta sentarse en el sillón.

—Han secuestrado a Amy.

—¿Tu amiga la periodista?

—La misma —responde Ainara—. Creo saber dónde está, pero el FBI no quiere actuar, ni me autoriza a hacerlo.

—¿Cuál es el nivel de dificultad?

—Alto. Es un búnker de la mafia china. Por lo que sé, están bien armados y pueden disponer de una veintena de hombres.

—¿Pidieron rescate?

—No, es un ajuste de cuentas. Van en contra mío.

—Entonces, no hay tiempo que perder. Te están invitando y están preparados para recibirte. Si solo fuera para hacerte daño, ya la hubieran matado.

—¿Crees que tenemos alguna oportunidad, amigo?

—Siempre tenemos una.

# 13

# ESE MALDITO DEBE PAGAR

*Staten Island*
   *Viernes, 23 de abril*
   *10:30 p. m.*

LOS MINUTOS PASAN y la ansiedad solo se puede apaciguar con alcohol. Bebo de la botella de *whisky* un largo trago y luego le vuelvo a poner la tapa. Dexter, sentado junto a mí al volante de su furgoneta, me observa, pero no dice nada. Sabe que cada uno maneja los nervios a su forma. Estamos juntos desde el mediodía.

Cuando hablamos por teléfono esta mañana, me indicó su dirección y arreglamos para encontrarnos. Pasé primero por mi casa, jugué un poco con mi bestia, me di una ducha y abracé a mi padre largo rato. Tuve la sensación de que podía ser una despedida. Cuando estaba por salir de casa, me detuve frente a la cocina. No lo pensé demasiado. Entré, abrí la alacena, me paré de puntillas y busqué en el fondo del estante más alto. Si había alguna situación en la cual dejarme llevar por la tentación, esta era esa situación. Aun si todo saliera bien, si rescatáramos a Amy y atrapáramos a los chinos, el desobedecer una orden directa del jefe Nash y realizar un allanamiento ilegal equivaldría a que me despidan del FBI. Así es como, pase lo que pase, mi carrera ha terminado.

Ya en la casa de Dexter, luego de un fuerte y fraternal abrazo, fuimos a su habitación especial. Allí tenía varios ordenadores, un par de ellos mostraban las calles de los dos lugares donde podría estar Amy.

—¿Cómo es posible? —le pregunté asombrada.

—Andrew instaló el sistema el año pasado —me explicó Dexter—. Él puede acceder desde donde se encuentre. Luego de que me dieras los datos, se los pasé a él y, hace unos minutos, me conectó. Hackeó las cámaras de seguridad de la ciudad.

Mi Andrew, hace mucho que no sabía de él. Es el mejor para estos trabajos.

Estuvimos como una hora mirando las cámaras. La casa de Staten Island definitivamente tenía más movimiento de lo normal. Demasiados guardias armados para un domicilio particular.

—Ahí está —me dijo Dexter en un momento, señalando dos puntos negros en el parque de la casa. Cuando agrandó la imagen, pudimos ver dos pequeñas chimeneas —. Esta casa se construyó en los cincuenta —me explicó —. Mucha gente adinerada de esa época construyó búnkeres subterráneos para protegerse de un posible ataque ruso. Allí deben tener a Amy.

Recién entonces comprendí por qué los mafiosos

chinos tenían esa casa en Staten Island; hace cincuenta años Han Guo encontró un búnker listo para usar.

Dexter pasó dos horas más estudiando los movimientos de los guardias. Luego abrió lo que por fuera parecía un armario empotrado, pero resultó ser una habitación más pequeña, tal vez diseñada en algún momento como vestidor. Quedaron expuestas todo tipo de armas. Hasta había una enorme caja verde que contenía un lanzamisiles portátil.

—Siempre hay que estar preparado —dijo Dexter mientras elegía las armas con cuidado. Escogió un rifle, una escopeta, un juego de granadas y dos pistolas. Luego me observó y me dio dos pistolas a mí también, una de ellas con silenciador—. Tú te sientes cómoda con esto —me dijo mientras me las entregaba con varios cargadores.

Luego vinimos en su furgoneta blindada y desde entonces estamos esperando a dos calles del objetivo. Podemos ver la calle desde el portátil de Dexter. Es de noche.

—Vamos —me dice mientras se pone un pasamontañas y abre la puerta. Yo hago lo mismo y bajamos. Él lleva el bolso con el armamento.

Caminamos hasta la esquina de la casa. Parapetados contra un árbol, Dexter saca el rifle del bolso, le coloca un silenciador y le dispara a la luz de la calle que nos alumbra. Quedamos en la sombra. Luego se acomoda y apunta a la cabina que está junto a la puerta de la casa. Allí están los guardias que permiten el ingreso. Ellos se acercan a la ventana para ver qué pasa con la luz que se acaba de apagar.

—Como polillas a la luz —dice Dexter y dispara dos

tiros rápidos: cae uno de los guardias, pero el otro no. Vuelve a disparar de inmediato y cae el segundo.

—Mi pulso no es lo que era —afirma—. Es ahora.

Corremos hasta el portón de rejas y nos paramos detrás de una de las columnas que lo enmarcan.

—En un instante pasará el guardia que rodea la casa —me explica—, lo anulo y se acabó lo fácil.

—En algún momento tenía que pasar —le digo con ironía; si esto fue lo fácil, no quiero pensar lo que nos espera.

—Saltaremos la reja y sonarán los sensores de movimiento. Correrás tan rápido como puedas y le dispararás a todo lo que se mueva porque comenzarán a salir a ver qué pasa. Además, hay cámaras en varios lugares, pero ningún guardia está todo el tiempo mirando un monitor, miran solo cuando algo les llama la atención; tenemos ese margen. Utiliza primero la pistola con silenciador, nos dará unos segundos más de sorpresa.

—Entiendo.

—Debes encontrar la entrada al sótano. Lo más probable es que se halle bajo una escalera, pero si no me equivoco, la reconocerás porque habrá un guardia en la puerta, que no se moverá de allí pase lo que pase. Yo iré detrás de ti, cubriéndote la espalda. ¿Lista?

—Hagámoslo.

Dexter apunta el rifle hacia un costado de la casa. Apenas aparece el guardia caminando, le dispara. Cae al primer intento.

—Ahora —me dice. Arroja el rifle dentro de la casa, se coloca la escopeta al hombro y me hace pie para que trepe la reja.

Me dejo caer al otro lado y comienzo a correr hacia la puerta. Nadie sale. Llego y me apoyo contra la pared. De inmediato llega Dexter, apuntando con la escopeta, y se pone al otro lado de la puerta. Nos miramos y me hace señas de que va él primero. Vuelve a colgarse la escopeta al hombro y saca la pistola con silenciador. Me hace una seña y abro la puerta. Él pasa primero y comienza a disparar. Escucho como le devuelven los disparos. Entro detrás de él y veo dos hombres en el suelo, pero hay más disparando. Avanzamos, abriendo fuego en todas direcciones y tratando de protegernos con lo que podamos. Cuando logramos cubrirnos, nos miramos, se terminó la sorpresa. Escuchamos gritos en chino y más disparos alrededor nuestro. Dexter vuelve a tomar la escopeta, se acabó el sigilo. El primer estruendo no tarda en llegar, los perdigones del arma de mi amigo les dan a dos al mismo tiempo, que son empujados hacia atrás. Veo otro hombre, que me dispara desde la escalera, y contesto el fuego. Uno, dos y al tercer tiro lo derribo. Dexter sigue eliminando enemigos a cañonazos. Veo una puerta bajo la escalera, pero no tiene ningún guardia. Voy hacia ella y la abro.

—¡Demonios!

Es un guardarropa.

Me doy vuelta y sigo a Dexter, que camina disparando por un pasillo. Voy detrás de él, cuidando su retaguardia. Aparece un hombre que viene hacia mí disparando y respondo dándole de pleno en la cara. Llegamos a la cocina y pasamos por encima de dos hombres caídos.

—Allí —me dice Dexter, señalando una puerta

cerrada y bloqueada por un hombre sangrando en el suelo. Dexter sonríe. Dispara hacia la cerradura y la puerta estalla. Se ve una escalera que baja y él se manda primero. Le dispara a uno que estaba resguardando otra puerta más abajo y lo estampa contra ella.

—Esa es de metal reforzado —le digo, sabiendo que la escopeta no bastará.

—No es problema —dice y arroja una granada—. Atrás.

Salimos los dos fuera de la escalera y nos hacemos a un lado. Un tiro le da a Dexter, busco y le disparo al tirador, que se va hacia un costado. Lo reconozco, es Jerry Guo. La explosión me sacude, casi olvidaba la granada. Quedo atontada un instante, pero pronto veo salir a Guo, disparándonos. Lo siento a Dexter, que me empuja dentro de la escalera y comienza a dispararle a Guo mientras viene detrás de mí.

—¿Estás bien? —le pregunto. Apenas lo veo entre el humo de la explosión, pero la sangre roja parece brillar en su hombro.

—No es nada.

—Voy yo primero —le digo sin darle tiempo a que me contradiga.

Comienzo a bajar y escucho otro disparo a mis espaldas.

—Sigue —me dice—, yo te cubro.

Veo que vuelve a sonreír y, mientras, saca otra granada. Sigo bajando y atravieso el humo hasta donde está la puerta de metal, desencajada y ennegrecida. La traspaso y otra explosión a mis espaldas me hace caer hacia adelante. Un tiro me roza el brazo. Ruedo hacia un costado y, sin ver a dónde, disparo hasta vaciar el cargador. Advierto que alguien cae unos metros delante de mí. Arrojo mi arma vacía y agarro la otra pistola. Me pongo de pie y camino por el pasillo hasta una esquina. Me detengo, respiro profundo y entro en lo que parece una sala. No veo a nadie. Al fondo se abre otro corredor. Debe ser una salida. ¡Maldición! Corro hacia allí y, cuando voy a entrar, un disparo silba sobre mi cabeza, quemándome la frente. Me arrojó a un costado y apunto, pero la veo a Amy con un arma en la sien. Detrás de ella está Keith Guo, la cabeza del clan San Gen, aferrándola.

—Suéltala —grito.

—Nada de eso, agente Pons —me dice Guo—. Tú suelta el arma o le vuelo los sesos a tu amiga.

Amy sigue amordazada. Si intento dispararle a Guo, Amy terminará muerta, pero si dejo el arma, la muerta seré yo. Tengo una sola oportunidad, no hay otra opción.

—Está bien —contesto y paso lentamente el arma de la mano derecha a la izquierda—. Hablemos.

Sé que no hay nada que hablar, que en cuanto apoye mi arma en el suelo, Guo apartará la suya de la sien de Amy y me apuntará a mí decidido a liquidarme. Mientras él mira mi mano izquierda dejar la pistola que me dio Dexter, debo sacar con la derecha mi Smith & Wesson y dispararle. De seguro él lo hará primero, y dependerá de su puntería el que salgamos vivas de aquí. Me observa bajar el arma y puedo ver su sonrisa dibujándose con soberbia. El cañón de su pistola comienza a apartarse de la cabeza de Amy. Aún no me apunta a mí, «Ainara espera que suelte el arma por completo», me digo a mí misma. Ya no lo puedo dilatar más. Dejo la pistola en el suelo y veo como rápidamente dirige su arma hacia mí. Un disparo que parte de algún lugar detrás de mí nos sorprende a los dos, da contra la pared cerca de Guo, que se oculta tras Amy. Es Dexter, que con otro disparo da cerca del jefe del San Gen. Guo, intentando huir, termina empujando a Amy hacia mí para que no tengamos un blanco fácil. La recibo entre mis brazos y nuestros ojos se cruzan; puedo ver en ellos su emoción: llegué a tiempo para salvarla. La abrazo, satisfecha, al fin algo sale bien, pero siento el estruendo junto con un impacto contra mi pecho. Mis manos, que abrazan a Amy, comienzan a humedecerse con un líquido caliente. Me aparto de ella sin dejar de sostenerla. Sus ojos ahora me ven con tristeza, se desenfocan y su cuerpo se vuelve pesado. Caigo de rodillas, sosteniéndola casi inerte, y lo veo a Dexter saltar para esquivarme por un costado en persecución de Guo. La abrazo con fuerza, como queriendo retenerla.

—Aguanta, por favor, aguanta.

Me largo a llorar y siento como ya no hay ningún movimiento, no hay respiración, no hay vida.

—¡Noooo! No… Perdón, Amy. Perdóname.

Las lágrimas no me dejan ver y mi garganta se cierra en un nudo ahogado. Oigo la voz de Dexter, pero no sé lo que me dice. Lo siento tironear de mi brazo, pero me resisto.

—Vamos, Ainara. Ya no puedes hacer nada. Debemos seguir.

¿A dónde quiere seguir? Ya nada tiene sentido, hice todo mal, les fallé a todos. No queda nada por hacer.

—No podemos dejar que ese maldito se salga con la suya, Ainara.

Las últimas palabras de Dexter me sacan del trance en el que había caído. Aún queda algo por hacer, ese maldito debe pagar. Apoyo el cuerpo de Amy con suavidad en el suelo. Me levanto y dejo que Dexter me guíe a la salida.

# 14

## PUEDES CONTAR CONMIGO

*BROOKLYN*
*Sábado, 24 de abril*
*9:45 a. m.*

MIENTRAS EL AGUA se escurre de mi rostro, veo en el espejo del baño que las marcas que dejaron los vidrios siguen allí, tal vez tarden una semana más en desaparecer. Estudio entonces el raspón en la frente. Es la bala que me rozó anoche: un centímetro más y ya no estaría aquí. Abro el espejo y busco detrás de él un apósito. Dexter me dijo que estaban allí. Lo encuentro. Vuelvo a cerrar el botiquín y me lo aplico sobre la herida. No se ve tan mal. Lo que sí se ven mal son mis ojeras. Se ven como me siento. Imagino que Dexter no tiene corrector de ojeras aquí.

Anoche, cuando salíamos de la casa del clan San Gen, revisé el cuerpo de Jerry Guo. Lo sacudí, pero estaba inconsciente y con la cara medio quemada. No sabía cuál era su estado y, por más que me hubiera gustado llevarlo para interrogarlo, es posible que la granada de Dexter le hubiera freído el cerebro. No tuvimos tiempo para averiguarlo, debíamos irnos cuanto antes. Dexter me dijo que cuando me quedé sosteniendo a Amy, él fue detrás de Keith Guo, pero se encontró con una puerta cerrada por fuera. Me pidió disculpas por no haber descubierto antes que el búnker subterráneo tenía otra salida. ¿Cómo podía saberlo? Bastante hizo, me metió ahí dentro y me sacó de una pieza. Más no le podía pedir. La que falló fui yo. Lo único que tenía que hacer era sacar a Amy con vida; no logré hacerlo.

Hoy nada parece tener sentido. Anoche hice que mataran a mi mejor amiga, puse en una situación comprometida a Dexter y eché mi carrera por la borda. Él me dijo que no me preocupara por lo que le pudiera pasar. Me explicó que la furgoneta tenía placas falsas y que teníamos los rostros cubiertos, que no nos podrían rastrear. Pero mis compañeros del FBI no son estúpidos, sabrán que fui yo y, esta vez, no seguirán como si nada. Con suerte deberé entregar mi placa para no ir a prisión.

Apenas cruzamos de Staten Island a Brooklyn, me despidió dándome las llaves de un pequeño piso que tiene para emergencias, es un lugar seguro que no lo pueden asociar a él. Me recomendó que dejara las cosas como estaban, el rescate había fracasado, no había razón para perder la vida por simple venganza. Al escuchar esas palabras, lo cuestioné, le recordé que él había actuado así con la muerte de su madre y que no era lo que me había dicho en el sótano junto al cuerpo de Amy.

Me explicó que solo lo dijo para hacerme reaccionar, pero que debería pensarlo con detenimiento antes de continuar por ese camino. «Tú no eres como yo», me dijo como única explicación. No sé qué me habrá querido decir, pero no pude más que agradecerle por su ayuda.

Salgo del baño y me vuelvo a echar en la cama. Observo la botella de *whisky* vacía en el piso. Creo que el único incentivo que tengo para salir de aquí es conseguir una que esté llena.

Suena mi teléfono. Miro la pantalla y veo que es Peter. Dudo si responder o no. No quiero hablar con él, pero no contestar sería terminar de incriminarme, tal vez aún quede algo por hacer.

—Hola, Peter.

—Hola, Ainara. ¿Dónde estás?

—Sigo en la cama, tuve una muy mala noche y me estalla la cabeza.

Decir la verdad siempre ayuda cuando se quiere ocultar algo. Peter duda un instante antes de continuar la conversación, sabe que, en el pasado, cuando le hablaba de mala noche, me refería al alcohol.

—Anoche hubo un tiroteo en Staten Island, en la casa de los Guo.

—¿En serio? —pregunto, trato de sonar sorprendida. Lo que estoy por decir me destroza el corazón, pero debo hacerlo—. ¿Y Amy?

Me muerdo los labios para no gritar. La angustia llega toda junta y comienzo a temblar mientras aprieto la mandíbula.

—Lo siento, Ainara.

Cuando escucho esas palabras, no puedo contenerme más. Arrojo el teléfono y lloro desconsolada.

---

*Casa de Ainara, Nueva York*
  *1:00 p. m.*

Mi bestia no me recibe con la euforia de siempre. Lo hace con cariño, pero calmado. Se podría pensar que está triste o que siente mi dolor. Tal vez solo huele el hedor del *whisky* y sabe que he caído. Incluso quizás presienta que podría caer aún más.

—Te amo, mi bestia negra. —Me lame la cara y me enderezo, no sin esfuerzo. Me costó mantenerme en cuclillas cuando saludaba a Bob en la puerta de casa.

—Hola, hija —me saluda papá, que permaneció parado detrás de Bob en silencio—. ¿Puedo?

Me pregunta señalando la botella, que ya está a los tres cuartos. ¿Por qué no? Se la doy y entro. Voy derecho al baño. Necesito ducharme. Cuando entré en la licorería para comprar la nueva botella, me di cuenta por la mirada del vendedor de que algo estaba mal con mi ropa. Miré mi reflejo en un cristal del aparador y comprendí lo que había alterado a aquel buen hombre: estaba llena de sangre. Al levantarme esta mañana, me lavé la cara y las manos, pero no estaba tan lúcida como para darme cuenta de que mi ropa era un desastre. Nuevamente me sorprende la actitud de mi padre, no dijo nada. Ahora debe estar tomándose un trago a mi salud. Hasta en eso fallé, lo hice caer a él también. No sé si fue lo correcto invitarlo a pasar un tiempo conmigo. La idea era conocernos, y lo hemos hecho; estoy feliz por eso. Pero creo que le he hecho más mal que bien.

Me quito la ropa y entro a la ducha. No sé qué hora es, supongo que ya es más del mediodía. Es extraño no sentir hambre. Luego de la llamada inconclusa de Peter, recibí un mensaje de voz suyo.

—Lamento mucho lo de Amy, todos en el Departamento te acompañamos en el sentimiento y estamos para lo que necesites. Phillip te recuerda que estás fuera del caso y que no debes acercarte a nadie relacionado con él. Por eso te ha dado una semana de licencia obligatoria, para que puedas descansar y procesar el duelo. Te apreciamos mucho, Ainara. No hagas ninguna tontería.

Su tono de voz me resultó sincero, no puedo creer que no sospechen de mí. Ahora debo pensar en cómo seguir.

Salgo de la ducha en toalla y voy hasta la cocina. Lo veo a mi padre con la botella y dos vasos. El suyo está vacío, el mío me espera lleno.

—Voy a vestirme y vengo.

Cuando salgo vestida de la habitación, veo la puerta del baño abierta, pero ya no está la ropa en el piso. Mientras avanzo hacia la cocina, comienzo a oler a quemado. Lo veo a mi padre parado frente al fregadero, del que salen enormes llamas.

—Esta ropa no servía más —me dice sin dejar de mirar el fuego. Luego se acerca a la mesa y se llena el vaso—. Te advierto que no soy muy agradable cuando bebo.

—Yo tampoco —le respondo y me siento a la mesa. Cuando voy a agarrar el vaso, escucho sonar el teléfono. Suspiro y me levanto, dejé el teléfono en la sala.

Cuando veo la pantalla, advierto que tengo dos llamadas perdidas de Peter, pero el que llama ahora es Tanaka. Atiendo.

—Hola, Freddy.

—Hola, Ainara. Lamento molestarte, pero me gustaría verte.

—¿Sucede algo, Freddy?

—Tal vez no sea nada, pero quería decirte que puedes contar conmigo. No necesito explicaciones. Pero puede que quieras saber algunas cosas que están pasando en la oficina.

—Gracias, Freddy. ¿Te parece que nos veamos en una hora?

# 15

## LO QUIERO A GUO

*LITTLE ITALY, Nueva York*
*Sábado, 24 de abril*
*2:30 p. m.*

CITÉ a Tanaka en el restaurante al que solíamos venir con Amy. No sé por qué lo hice. Tal vez para recordarme que ella ya no está, quizás para juntar furia y actuar, o sencillamente para sentirme culpable.

Freddy está sentado frente a mí.

—Habla, Freddy.

—Mira, Ainara. Todos estábamos muy tristes por lo que le sucedió a tu amiga y por cómo te estarías sintiendo tú. Incluso creo que algunos nos sentíamos culpables por no haberte hecho caso e ido a rescatar a Amy. Sin embargo, cuando llegaron los videos de seguridad de la casa de un vecino de la zona, a Peter y al jefe se les vio bastante perturbados. Los videos de San Gen fueron volados por una granada, pero los de este vecino mostraron todo lo que sucedió en la calle. Tardé en entender qué vieron en ese video que los puso así, pero por fin lo comprendí.

Freddy hace silencio, como si temiera decir lo que está pensando.

—Di lo que piensas, Freddy.

—Bueno, Ainara. Todos creíamos que el ataque al clan San Gen había sido realizado por algún grupo antagónico, la mafia japonesa tal vez. Suponíamos que había sido al menos una decena de asesinos, por la masacre que realizaron. Pero en el video aparecen solo dos personas. Claramente eran un hombre y una mujer. Al hombre se lo ve muy fornido y, por la forma de utilizar las armas, tiene un gran entrenamiento militar.

—¿Y la mujer? —pregunto, apurando a Freddy a que diga lo que cree.

—A pesar de tener el rostro cubierto, era muy parecida a ti. Conozco muy bien tus movimientos, Ainara, aprendo de ti todo el tiempo. Pero estoy seguro de que Peter y el jefe Nash también los conocen.

—¿Ellos dijeron algo?

—No delante del resto, hicieron salir a todos de la oficina y se quedaron hablando por largo rato.

—¿Por qué me cuentas todo esto?

—Tú y Peter han sido muy generosos conmigo. Me cubrieron el otro día cuando cometí más de un error. Además, fui casi un estorbo cuando estuvimos con los Wong. Quiero que sepas que confío en ti plenamente y que estoy para ayudarte en lo que necesites, como tú lo has hecho conmigo.

—Gracias, Freddy. Te confieso que por un momento dudé de tu lealtad. Los San Gen conocían siempre nuestros pasos y tú actuabas tan raro…

—¡Por Dios! —exclama Freddy sorprendido—. De verdad lo hice muy mal, lo siento, Ainara. Entiendo que hayas pensado eso, yo también creo que hay un soplón en la oficina.

—¿Desconfías de alguien?

—Bueno, no sé si debería decirlo. ¿Notaste que a Park le falta el dedo meñique de la mano izquierda?

—Cómo no notarlo.

—Ya te dije que mi familia es muy tradicionalista. Por eso conozco muchas costumbres de los japoneses, incluso las más desagradables. Cuando los yakuzas cometen un error, o deben demostrar su lealtad, tienen una forma muy particular de pedir disculpas y salvar su honor.

—¿Se cortan el dedo meñique?

Freddy asiente con la cabeza y las cosas comienzan a cerrar. Nunca me cayó bien ese hombre, tenía toda la información sobre San Gen y no nos dijo nada. Además estuvo al tanto de todos nuestros movimientos, algunos de ellos se decidieron a último momento, no había forma de que los chinos se enteraran a no ser que alguien del departamento les avisara.

—La cuestión es que son solo suposiciones, Ainara. Me tomé el atrevimiento de investigar sus antecedentes, y no hay nada. Incluso el corte del dedo se lo atribuyen a un accidente que tuvo hace unos años, en la época en que asistía a Quantico. Así que no hay forma de comprobar que sea el chivato.

Tal vez no deba enfocarme en eso por ahora. Si es verdad lo que Freddy piensa, más adelante me encargaré de esa rata. Por el momento, lo que más me preocupa es lo que vayan a hacer Peter y Phillip. No solo me reconocieron a mí, estoy segura de que también a Dexter; nadie más que él podría llevar adelante algo así.

—Avísame si Peter o el jefe hacen o dicen algo con respecto a mí. Necesito saber si tengo que desaparecer.

—Claro que sí, Ainara. Pero si no aparece ninguna evidencia real en tu contra, no creo que se presenten cargos, no hay forma de que te identifiquen fehacientemente.

Freddy no sabe que no es la primera vez que hago algo así. Mis días en el FBI están contados, y todo por nada.

—No quiero que te involucres en esto, Freddy. Tienes una gran carrera por delante y la cercanía conmigo podría arruinarla.

—Solo dime algo, Ainara. ¿Intentaste salvar a Amy?

—Hice todo lo que estaba a mi alcance, pero fallé.

La voz se me quiebra y no puedo seguir hablando.

—¡Malditos! —dice Freddy irritado—. ¿Sabes quién fue el cerdo que la mató?

—Keith Guo. Lo hizo frente a mis ojos.

—¡Maldito! —insiste cada vez más molesto—. Jerry Guo está en coma en el hospital, les dieron una gran paliza, pero de Keith no sabemos nada. Se le busca para interrogarlo. ¿Pudieron acabar con él?

La pregunta de Tanaka me sorprende, creo que se llevaría bien con Dexter.

—Keith escapó.

—Simon Cheng —dice Freddy, pero no entiendo a qué se refiere. ¿Qué tiene que ver el gerente de la fábrica de cerámica con esto?—. Hoy lo trajeron a la oficina para interrogarlo, sus abogados lo sacaron en menos de media hora, pero el jefe está seguro de que Cheng conoce el paradero de Guo.

Freddy me mira directo a los ojos sin pestañar.

—Decía que lo teníamos que soltar rápido porque debía asistir esta tarde al partido de fútbol de su hija. ¿Quieres saber dónde es el partido?

Ya no tengo dudas de las intenciones de Tanaka. No habla por hablar.

A Freddy le suena el teléfono. Lo mira y no contesta.

—Peter me está buscando —me dice. Debo volver a la oficina.

---

*Barrio Chino, Nueva York*
*6:30 p. m.*

—Hola, linda.

—Hola, señora —me responde la niña. Estamos en el corredor que separa los vestuarios de la cancha de fútbol. El partido ha terminado y luego de haber ido todas juntas al vestuario para cambiarse, están volviendo a la cancha para encontrar a su familia.

—Adiós, Layla —saludan dos niñas que pasan a nuestro lado y la pequeña les responde despidiéndose con la mano.

—Soy amiga de Simon, Layla —le digo para que me tenga confianza—. Te acompaño a buscar a papá que quiero saludarlo. Mi nombre es Ainara.

—¿De dónde conoces a papá, Ainara? —me pregunta la niña mientras caminamos hacia la salida.

—Lo conozco de la fábrica de cerámica —le respondo.

—¡Ah! Trabajas con él.

—Digamos que tenemos negocios en común —le contesto cuando veo a Cheng entrar al corredor acompañado de una mujer. Cheng se queda rígido por un instante al verme y luego se acerca, llamando a la niña.

—Layla, cariño, ven aquí.

—¡Papá, mamá! ¿Les gustó cómo jugué? Tu amiga Ainara me estaba acompañando a buscarlos, papá.

—La madre de la niña me sonríe y yo le respondo de la misma manera.

Cheng me mira fijo y yo llevo la mano bajo mi chaqueta, donde tengo el arma. Él advierte mi movimiento.

—Amores, vayan yendo —les dice Cheng—. Ya las alcanzo.

La esposa y la hija se marchan y yo me acerco a Cheng.

—Hola, Simon.

—¿Cómo te atreves a acosarme aquí, agente? Llamaré a mis abogados y terminarás trabajando de guardaparques.

Saca su móvil y comienza a buscar un número. Ya estoy a su lado cuando vuelvo a mostrarle mi Smith & Wesson sin desenfundar.

—Deja ese teléfono —le digo y él comprende que hablo en serio.

—¿Te has vuelto loca? ¿Qué harás? ¿Dispararme frente a esta gente?

Pasan dos personas junto a mí, pero no me preocupo en mirarlas.

—¿Acaso tu jefe no te contó lo que hice anoche? ¿Crees que una muerte más me significaría una diferencia?

Cheng comienza a entender de qué se trata. No importa cuántos abogados tenga, aquí lo único que vale es que yo tengo un arma y estoy dispuesta a usarla.

—¿Qué es lo que quieres, agente?

—Quiero que me lleves con Keith Guo.

—¡Oh! —exclama Cheng, riéndose—. Realmente te has vuelto loca. ¿Me crees tan estúpido como para hacer algo así?

Saco entonces mi arma y se la clavo entre las costillas para que sienta la dureza del cañón.

—Te creo lo suficientemente estúpido como para llamar loca a una persona que tiene un arma y está dispuesta a todo. Si eres tan estúpido como para dejar a una hija huérfana, eso no lo sé. ¿Tú qué dices? ¿Eres tan estúpido?

—No —responde—, no lo soy. Pero entiendes que, si te llevo, moriré de todos modos. Él me matará.

—Anoche dejé a tu otro jefe, Jerry, en coma. ¿Por qué piensas que Keith quedará mejor parado? Después de esta noche no habrá un jefe que pueda matarte. De hecho, quizás tú mismo puedas ocupar su lugar. No tengo nada contra ti, Simon. Lo quiero a Guo.

—Bien, solo deja que mi esposa y mi hija se vayan.

Vuelvo a enfundar mi arma.

—Nunca tuve otra intención. Andando.

# 16

# NO HAY VUELTA ATRÁS

*Barrio Chino, Nueva York*
*Sábado, 24 de abril*
*6:30 p. m.*

El agente Bennett se halla afuera del gimnasio, a unos cincuenta metros. Se encuentra en su coche, justo detrás de la furgoneta de Ainara. Luego de ver el video en la oficina, tuvo una difícil charla con Philip Nash.

—No podemos encubrirla más —dijo Nash tras discutir con Peter sobre cómo deberían proceder—. Dile que entregue su placa y nos olvidaremos de todo, está fuera de control, ya no es una de las nuestras.

—Jefe, sigue siendo Ainara.

—No, Peter, ahora es una justiciera que terminará matándose a sí misma o a alguno de sus compañeros. Habla con ella y convéncela de que entregue la placa. Si lo hace, la despediremos con honores y aquí no ha pasado nada. Mientras sea parte de esta oficina, seremos sus cómplices. Ya ha sido demasiado.

—Está bien, Philip. Iré a verla ahora mismo.

—Luego de hablar con ella, ve a ver a O'Sullivan. Dile… —Nash dudó—. Dile lo que se te ocurra, pero no quiero que ese maldito Rambo se cruce más en nuestro camino.

Bennett llamó a Ainara por teléfono, pero no obtuvo respuesta, así que fue directo a su casa. Al llegar, tocó el timbre un par de veces hasta que al fin abrieron la puerta, era el padre de Ainara.

—¿Qué demonios quieres aquí?

Peter se sorprendió al ver el estado de ese hombre, estaba totalmente borracho.

—Vengo a buscar a su hija, señor.

—Aquí no está, ya vete y no molestes.

—¿Sabe dónde se encuentra? —preguntó Peter, sosteniendo la puerta con una mano. El padre de Ainara quiso cerrarla en su rostro.

—Y yo que voy a saber, es una mujer adulta, puede ir a donde quiera. La llamó ese compañero suyo japonés y se fue.

Peter dejó que el viejo cierre la puerta y llamó de inmediato a Tanaka, tampoco le respondió.

Volvió entonces a la oficina, y cuando vio llegar a Freddy, lo tomó del brazo y lo llevó a la sala de reuniones.

—Dime qué has hecho —le dijo Peter de manera amenazante.

—No sé de qué me hablas, Peter. No entiendo.

—¿Por qué la llamaste a Ainara? ¿De qué hablaron?

—Ah, eso —respondió Tanaka, pensando en lo que debía decir. Solo se le ocurrió hacerse el tonto—. La llamé para darle mi pésame y decirle que contara conmigo para lo que quiera. Ella me dijo que necesitaba tomar un poco de aire, así que la invité a almorzar. Eso fue todo, jefe. ¿Hice algo mal?

—¿De qué hablaron en el almuerzo?

—Me preguntó si habíamos atrapado a los Guo, y le conté que uno estaba en coma y el otro desaparecido.

—¿Le dijiste algo más de lo que estábamos haciendo?

—Le dije que habíamos interrogado a Cheng, pero que no nos había dicho nada.

Peter dejó a Tanaka y volvió a llamar a Ainara, tampoco recibió respuesta. Pensó entonces que si Ainara había llegado hasta allí, no se detendría tan fácilmente. Si le había sacado esa información al ingenuo de Tanaka, seguro la utilizaría para algo.

«Debo vigilar a Cheng», se dijo Peter a sí mismo. Era la única pista que tenía Ainara para encontrar a Guo y no la desperdiciaría. Es por eso por lo que Peter averiguó el paradero de Cheng y llegó hasta el gimnasio donde su hija jugaba al fútbol. No le sorprendió entonces encontrar la Tundra de Ainara en la puerta.

Hace quince minutos que espera. Ha visto salir mucha gente, por lo que imagina que el partido ha terminado. Pero aún no aparecen ni Cheng ni Ainara. No entró al edificio porque no creyó conveniente que lo vieran. No quería involucrar al FBI con lo que Ainara pudiera estar haciendo. Pero ahora que no los ve salir, piensa que debe entrar y evitar que pase una desgracia. Sale del coche y empieza a caminar hacia el gimnasio. Ve salir entonces a Cheng, seguido muy de cerca por Ainara. Se apura para alcanzarlos, pero el coche de Cheng está justo en la puerta del edificio. Por eso entran al vehículo enseguida. Por más que Peter corre, el coche arranca y parte sin que pueda interceptarlos.

—¡Maldición! —grita Peter y patea una bolsa de basura que hay en la acera—. No puedo perderlos —se dice y vuelve corriendo a su vehículo para seguirlos—. No hagas más estupideces, Ainara.

---

*Brooklyn, Nueva York*
*7:45 p. m.*

—No hagas nada estúpido —le digo a Cheng mientras se detiene frente a la barrera del aparcamiento —. Aunque no te vea, cualquier cosa que me parezca rara, será tu fin.

No puedo ver lo que hace Cheng desde aquí atrás. La última calle estuve recostada en el suelo de la parte trasera de su coche, he ido bastante incómoda.

—Buenas noches, señor Cheng.

—Buenas noches.

El coche comienza a moverse, señal de que levantaron la barrera y todo está bien.

—Bien hecho, Simon. Sigue así y en unos minutos estarás cenando con tu familia.

—Ya llegamos.

Me enderezo y puedo ver que estamos aparcados en

la cochera. Cheng me dijo que había un ascensor especial para los Guo, que iba directamente al último piso, un ático que los Guo tienen para sus fiestas privadas. Es el edificio de oficinas en Brooklyn del que había hablado Park ayer.

—Habrá un guardia en la entrada del ascensor —me avisa Cheng cuando bajamos del coche y nos dirigimos hacia allí—. Trata de lucir sensual.

Enseguida veo al guardia que nos observa, atento.

—Buenas noches, señor Cheng —dice el guardia y noto el bulto de su arma bajo el saco a la altura de la axila—. ¿Quién es ella?

—Es un obsequio para el señor Guo —dice Cheng y yo hago una sonrisa estúpida—. Necesita relajarse un poco.

—Entiendo —dice el guardia mientras llama al ascensor. Luego se me queda mirando y noto un cambio de actitud—. Espera —me dice—. Tú no eres...

Cuando veo que lleva la mano dentro del saco, le pego una patada en los testículos, y cuando se agacha, le doy un codazo en el rostro. Lo tomo del cabello y lo llevo contra la pared, golpeó su cabeza una y otra vez hasta que su cuerpo sin resistencia cae al piso.

Me doy la vuelta y veo a Cheng salir corriendo. Maldito. No tengo tiempo para eso. Le quito el arma al guardia que está en el suelo, bañado en sangre. Es una pistola con silenciador, me viene bien. Como es un edificio de oficinas, deben mantener determinados cuidados, que se escuchen disparos no es buena publicidad.

Llega el ascensor y se abre la puerta. Otro chino aparece y se sorprende al verme. Va a sacar su arma, pero ahora estoy preparada. Dos tiros en el pecho y se acabó el problema. Cae dentro del cubículo. Subo y aprieto el único piso al que se puede ir, el último.

Veo entonces que en una esquina del techo hay una cámara. Maldición. La vuelo de un solo tiro. Pero ahora saben que estoy subiendo, me recibirán con una balacera. Veo al cadáver en el suelo, es un hombre pequeño. Lo levanto justo cuando el ascensor se detiene. Con el brazo izquierdo, lo sostengo, apoyado contra mi hombro. La puerta se abre y una ráfaga de disparos comienza a sonar a mi alrededor, siento como se sacude el cuerpo ya sin vida de mi escudo humano. Casi sin ver a dónde, comienzo a disparar. La ráfaga continúa y yo también. Miro por un costado del cuerpo, que se me hace difícil sostener, y veo a tres tiradores. Siento una quemazón en el brazo izquierdo. Luego en la pierna derecha. Pero sé a dónde disparar y escucho un par de gritos. Los disparos son menos. No tengo más carga. Arrojo el arma y saco mi Smith & Wesson. El cadáver se me cae y con las dos manos apunto mi pistola y le doy al último. No hay más movimientos. Veo que mi brazo izquierdo, el que sostenía al chino, sangra profusamente. Doy un paso y siento un dolor terrible en la pierna. ¿Dónde está Guo?

Salgo rengueando del ascensor y la puerta se cierra detrás de mí. Diablos. Si suben más guardias, no podré con ellos. Avanzo y un disparo me roza el hombro. Me tiro a un lado contra la pared y empiezo a disparar al sillón de donde vino el tiro. Vuelan trozos de cuero y el relleno del sillón como copos de nieve. La potencia de mi pistola es demasiada para ese mueble. Vacío el cargador y pongo uno nuevo. Cuando me disponía a volver a disparar, escucho una voz.

—Basta, ya es suficiente. —Una mano ensangrentada, sosteniendo un arma, se asoma detrás del sillón, es un milagro que aún no lo haya matado, pero está herido, por eso se rinde. Arroja el arma—. Voy a salir, no dispares.

Keith Guo se pone de pie a duras penas con las manos en alto. No digo nada, solo lo observo rodear el sillón y quedarse ahí quieto.

—Ya está —me dice—, me ganaste. ¿Y ahora qué?

—Y ahora morirás, maldito.

—Eso lo sé, pero qué harás después. Hay cámaras en todo el ático, ya has quedado grabada en video, esta vez a cara descubierta. No tendrás dónde ocultarte.

—Ese no será problema tuyo, no creo que desde el infierno puedas verme.

—Sé que me odias y me quieres matar, pero ya te has vengado, ya me arruinaste la operación, probablemente termine en prisión, no sé si mi hermano sobrevivirá y todo para qué. Tú también terminarás presa, y la cárcel no es un buen lugar para policías. Pero hay una salida.

No sé de qué me está hablando. Deseo dispararle en la boca para que no hable nunca más, pero la curiosidad por saber qué piensa una mente tan perversa me hace esperar.

—Mira —me dice rápido para mantener mi atención y que no lo mate—. En la caja de seguridad de esta habitación tengo cerca de medio millón de dólares. Si me dejas vivir, te daré ese dinero y podrás escapar al Caribe o a donde quieras. En cambio, si me matas, ¿cuánto crees que podrás huir?

—¿En serio crees que puedes comprarme?

—No te quiero comprar, solo te doy una opción para que hagas lo correcto y puedas empezar en otro lado, no eres una asesina. Entrégame a la Policía y vete con el futuro asegurado. Siempre serás un agente de la ley, lo llevas en las venas; si me ejecutas, te sentirás mal por el resto de tu vida.

Pienso por un instante en lo que me dice. ¿Realmente quiero hacer esto?

Una voz irrumpe en el lugar y me hace sobresaltar, es Peter. ¿Cómo diablos me encontró?

—¡Ainara! —grita él, que no sabe cómo actuaré y quiere detenerme. Yo ni siquiera lo miro, no dejaré que Guo se escape—. ¿Qué haces, Ainara? Ya está bien, lo atrapaste. Ahora debemos entregarlo.

—¿Qué crees que pasará, Peter? —le pregunto para que comprenda la situación—. ¿Cuánto crees que tardarán los abogados en sacarlo?

—No creo que pueda zafar de esta, Ainara —intenta explicarme algo que ya sé—. Tenemos muchas pruebas de sus actividades ilegales, no tiene forma de salir impune.

—Sus abogados ganan más en un mes que yo en un año. —Quiero que Peter se dé cuenta de que no tengo alternativa—. Este maldito tiene información que podrá canjear para obtener una pena mínima. Esperará el juicio en su casa luego de pagar la fianza y, cuando llegue el veredicto del jurado, la sentencia del juez será una broma. Un par de años en la cárcel, con todos los cuidados que el dinero puede comprar, hasta que salga para seguir su vida como si nada hubiera pasado. ¿Crees que eso sea justicia, Peter?

—Eso no depende de nosotros, Ainara. No somos jueces, no decidimos sobre la vida de la gente, esa responsabilidad es muy grande y le corresponde a alguien más. Nuestro trabajo es atraparlos y entregarlos a la justicia, hasta ahí llegamos. Tú has hecho muy bien tu trabajo, Ainara, solo tienes que hacer lo que resta, entregarlo con vida para que sea sometido a juicio.

Con todo lo que he hecho hasta ahora, nada cambiaría que lo entregue vivo o no. Peter lo sabe, pero debe hacer lo que cree correcto, convencerme.

—¿Recuerdas a Turner, Peter? Él ni siquiera llegó a juicio. Era el jefe criminal de la organización más peligrosa del mundo y, aun así, terminó de paseo por Nicaragua. ¿Crees que eso es justicia, Peter?

—Ainara, piensa en ti por una vez, o piensa en la situación en la que me pones a mí. Sabes lo que siento por ti. Si aprietas el gatillo, no solo arruinarás tu carrera, también destruirás nuestra relación; no podré cubrirte esta vez. Si alguna importancia tengo en tu vida, por favor, no lo hagas. Me lo prometiste.

«Estás jugando sucio Peter», pienso al oír sus palabras. Él es muy importante para mí y en esto tiene razón. No quiero arrastrarlo conmigo, tal vez deba recapacitar. La decisión que tenía hasta hace un instante comienza a flaquear. Me duele todo el cuerpo, ya casi no tengo fuerzas, hasta la pistola me pesa y empiezo a bajarla. Pero veo los ojos de ese maldito, miro su gesto, el enfermo está sonriendo, cree que podrá salir de esta. No es así.

El estruendo de la Smith & Wesson rompe el tenso silencio. El olor a pólvora flota en el aire y ya nada será igual. Giro y apunto el arma hacia Peter.

—¿Qué haces, Ainara?

—Está lleno de cámaras Peter, no puedes caer conmigo.

—Vamos, Ainara, baja el arma.

—No, Peter. Saca tu arma ahora, haz lo que te digo.

No sé si está entendiendo por qué le pido esto, pero me hace caso, se mueve rápido para sacar su arma y le disparo en la pierna. Cae al piso.

—¡Maldición, Ainara!

—Lo siento, Peter —digo cuando paso por su lado y por un instante le apunto a la cabeza—. Esto es para las cámaras —digo en voz muy baja—. Eres mi mejor amigo.

Bajo el arma y voy hacia el ascensor. Ya está hecho.

# EPÍLOGO

## UNA SEMANA DESPUÉS

.

*Central Park, Nueva York*

El padre de Ainara observa a unos niños corriendo tras un balón. Su padre los sigue de cerca y les dice que no se alejen. Es una escena común, pero él jamás la vivió. No estuvo para correr por el parque con su hija. Ese tipo de cosas siempre le pesarán.

Sin embargo, la vida sigue y hay nuevas experiencias que pueden traer otro tipo de satisfacciones. Mete la mano en el bolsillo y extrae un trozo de papel. Es una nota que encontró sobre la mesa de la cocina, luego de despertarse de su última borrachera, hace una semana atrás.

«No nos veremos por un tiempo, pero quería decirte que cuando te invité para que te quedarás en casa, supuse que te estaría haciendo un favor. En realidad, el favor me lo has hecho tú. Tu compañía en estos últimos tiempos fue más de lo que podía esperar. Solo lamento haberte empujado hacia lugares que no querías ir. Por lo demás, eres el mejor padre que podría tener en esta época de mi vida. Gracias. Te amo».

Lee esas palabras varias veces al día. Vuelve a guardar el papel en su bolsillo y respira profundo. Se quedará en la casa de Ainara, esperando su regreso. Sus ojos se humedecen.

OFICINAS DEL *FBI*

LOS DOS AGENTES venidos de la central están sentados frente a Peter. Luego de analizar todos los acontecimientos, ya tienen su veredicto.

—Bueno, agente Bennett, las cámaras del ático de los Guo confirman sus declaraciones. Lo felicitamos por su instinto, ya que no había nada que indique que la agente Pons actuaría de esa manera. No quedó ningún miembro de la mafia china con vida para contradecir su versión. Nos queda por discernir si el ataque a la casa de Staten Island fue también perpetrado por Pons, pero más allá de eso, solo lo podemos acusar de sentimentalismo. Le sugerimos que, la próxima vez, saque el arma primero.

Los agentes cierran la carpeta con sus notas y se levantan. Salen de la habitación y Peter se queda sentado. Se cruza de brazos y permanece pensativo unos instantes. Luego se pone de pie. Hay que seguir.

· · ·

## Barrio Chino

Liu Wong está en una silla de ruedas en la calle, frente a lo que era su restaurante. Kim está parada detrás de él y observa al edificio destruido sin inmutarse. Permanecen un rato allí sin moverse y luego ella empuja la silla de su hermano hasta girarla. Comienzan a alejarse del lugar y los vecinos los saludan. Los trabajadores empezarán la reconstrucción al día siguiente. Tienen mucho por hacer y el dinero que les pagó el seguro no es suficiente, pero una colecta de las tiendas del barrio en reconocimiento a su valentía cubre con creces todos los gastos. Si bien siempre han sido tenidos en alta estima por la comunidad china, ahora han adquirido una mayor relevancia, y algunos hablan de que Kim podría llegar a convertirse en concejal si así lo decide. Tanto el restaurante como la salud de Liu tardarán un tiempo en estar en buenas condiciones, pero el día llegará y seguirán adelante.

## Midtown

El agente Park entra en una lujosa habitación estilo oriental. Dos hombres japoneses vestidos de negro lo custodian. Park se inclina ante el hombre sentado detrás de un imponente escritorio. Es un asiático de edad avanzada, tiene el cabello blanco e inspira respeto.

—Lo hiciste bien, Park *san* —dice el hombre—. Descubriste al infiltrado que podría habernos hecho mucho daño. Ayudaste a terminar con el clan San Gen, no queda nada de ellos. Como nos sugeriste, fue fácil hacer entrar en razón a Simon Cheng. A partir de ahora controlamos todas sus operaciones, Chinatown es nuestro. Tenemos grandes planes, Park *san*.

—Gracias, *sensei* —es todo lo que responde Park. Mientras inclina su cabeza, se esfuerza por contener una sonrisa de satisfacción. Acaba de subir de rango dentro de la Yakuza.

## Colorado

AINARA CONDUCE un viejo Toyota color verde por una carretera desierta. Debió vender su Tundra de manera apresurada y sin papeles. Tuvo que cortar con todo lo que sirviera para rastrearla.

Cuando dejó a Peter herido en el ático de los Guo, no sabía lo que encontraría al bajar por el ascensor. Para su sorpresa, no había nadie esperándola; ni mafia, ni policía, nada. Vio el coche de Peter estacionado allí cerca, a pocos metros, y lo utilizó sin inconvenientes. Las llaves estaban en la guantera, donde su amigo las solía dejar. Así que lo arrancó y salió enseguida. Pudo ver en la cabina al guardia esposado e inmovilizado. Sonrió al pensar cómo Peter le había facilitado las cosas. Espera que su amigo haya salido indemne de la situación legal, que las autoridades entiendan que no fue su cómplice. Por otro lado, está segura de que apuntó bien cuando le disparó en la pierna, que deberá quedar sin ninguna lesión. Ojalá la pueda perdonar.

Adquirió un viejo Toyota y luego pasó por su casa. Lo vio a su padre dormido en la sala junto a dos botellas vacías y le dejó una nota de despedida. Llenó una mochila con ropa, agarró sus ahorros y se marchó con Bob. Antes de salir de Nueva York, adquirió un nuevo teléfono que no se pudiera rastrear. Hizo una sola llamada. Se comunicó con Andrew y le pidió, simplemente, una nueva identidad. Andrew le dijo que nunca había hecho algo así, que le diera unos días.

Desde entonces, Ainara viene conduciendo con la bestia negra a su lado y alejándose cada vez más de su ciudad. Tiene en mente visitar a algunos viejos amigos, pero antes tiene que esperar a Andrew: no tiene dudas de que su amigo le dará lo que necesita. Ainara Pons ya no es más agente del FBI, ahora es una prófuga de la justicia considerada peligrosa.

Hay cosas que no podrá olvidar nunca y el recuerdo de la mirada final de Amy la atormentará el resto de su vida. Pero quiere comenzar una nueva etapa, quizás con un nuevo nombre y con un destino incierto. No sería la primera vez que lo hace, pero espera que sea la última.

**FIN**

Ainara regresa en la sexta novela de la serie: *Como el fénix*.
Obtenla aquí:
https://geni.us/ComoElFenix

Puedes encontrar todas las novelas de la serie de Ainara
Pons aquí:
https://geni.us/SerieAinaraPons

# NOTAS DEL AUTOR

Espero hayas disfrutado la lectura de esta novela.

Si te gustó mi obra, por favor déjame una opinión en Amazon. Las críticas amables son buenas para los autores y los lectores... y un estudio reciente (realizado por mi persona) también indica que escribir una opinión positiva es bueno para el alma :)

¿Sabías que ahora también puedes disfrutar de mis historias en audiolibros? Te invito a gozar de esta experiencia con mi relato *Los desaparecidos*. Escúchalo **gratis** aquí:
https://soundcloud.com/raulgarbantes/losdesaparecidos

Puedes encontrar todas mis novelas en mi página web:
www.raulgarbantes.com

Finalmente, si deseas contactarte conmigo puedes escribirme directamente a raul@raulgarbantes.com.

Mis mejores deseos,
Raúl Garbantes

amazon.com/author/raulgarbantes

goodreads.com/raulgarbantes

instagram.com/raulgarbantes

facebook.com/autorraulgarbantes

twitter.com/rgarbantes

www.ingramcontent.com/pod-product-compliance
Lightning Source LLC
Chambersburg PA
CBHW022024170626
46808CB00003B/1053